E-Z DICKENS SZUPERHŐS NEGYEDIK KÖNYV

A JÉGEN

Cathy McGough

Stratford Living Publishing

Tartalomjegyzék

Hétköznapi szuperhősöknek.

"Nem lehet legyőzni azt, aki soha nem adja fel."

Babe Ruth

PROLÓGUS

A KÖVETKEZŐ NAP ISKOLAI nap volt, de a közelgő világvége miatt sem E-Z, sem Lia nem akart menni.

"Nagyon rossz érzésem van" - mondta Lia.

Reggelizni kezdett, és ő és E-Z egyedül voltak. Sam és Samantha még mindig aludtak, ahogy az ikrek, Jack és Jill is.

"Miféle rossz érzés?" - kérdezte, miközben még több zabpelyhet kanalazott a szájába.

"Tudod, tegnap este, amikor azt hittem, hallottam valamit."

"Igen, de azt mondtad, hogy téves riasztás volt. Hogy a hangok elmúltak, és minden visszatért a normális kerékvágásba."

"Így is volt, meg nem is. Nehéz megmagyarázni. Hallottam, hogy Rosalie hívogat, aztán abbahagyta. Nem próbálkozott újra, ezért azt hittem, minden rendben van. De most aggódom, mert próbáltam elérni, de nem tudtam. Egyik SMS-emre sem válaszolt. Azt hiszem, mennünk kéne, és megnézni, hogy van. Csak a biztonság kedvéért. Megnyugtatna, ha tudnám. Különben ma nem fogok tudni semmit sem csinálni."

"Lehet, hogy elaludt? Vagy lemerült a telefonjának az akkumulátora." Megitta a pohár narancslevet, és hátrált el az asztaltól. Betette az edényeket a mosogatógépbe.

"Lehet. De attól még szeretném látni őt."

"Menjünk, látogassuk meg, hogy megnyugodj" - mondta, miközben taxit hívott. "Remélem, beengednek minket. Elvégre nem vagyunk rokonok."

Átmentek a városon, és a recepción érdeklődtek Rosalie felől. A nő megkérdezte: "Maguk ketten rokonok?". Mindketten azt mondták, hogy nem. "Foglaljanak helyet, kérem" - mondta a nő.

"Látod" - suttogta Lia. "A nő ravasznak tűnt. Mintha rejtegetne valamit."

"Igen, én is ezt láttam. De lehet, hogy csak képzelődünk, mert aggódunk Rosalie miatt. Csak annyit tehetünk, hogy várunk, és megpróbáljuk elfoglalni magunkat. Itt vagyunk, és nem mozdulunk, amíg nem látjuk, hogy jól van."

Harminc perccel később még mindig vártak. és egyre nyugtalanabbak lettek, ahogy telt az idő.

Lia felállt. "Nem tudok tovább várni."

E-Z azt mondta: "Hűha! Várj egy percet!" Újra visszaült. "Adjunk még harminc percet, mielőtt teljesen kiakadunk rajtuk."

"Mit jelent az, hogy őrjöngeni?" Lia megkérdezte.

"Ó, folyton elfelejtem, hogy nem idevalósi vagy. Azt jelenti, hogy minden fegyvereddel nekimész valaminek. Végső esetben. Ez persze csak egy szófordulat. Bár néhány postás szó szerint vette."

"Fogadok, ha felnőttek lennénk, már megszólítottak volna minket. Néha utálok gyerek lenni."

"Ennek is megvannak az előnyei" - mondta E-Z. "Próbálj meg játszani egy játékot a telefonodon, vagy olvass egy könyvet. Elmúlik vele az idő, és sokkal segítőkészebbek lesznek velünk, ha türelmesek vagyunk."

"Bárcsak elhoztam volna a fejhallgatómat. Meghallgathattam volna Taylor Swift új számait."

"Tessék" - mondta. "Kölcsönkérheted az enyémet."

Újabb harminc perc telt el, és E-Z nyugodtan visszatért a pulthoz. Lia ott maradt, és zenét hallgatott. Hátrapillantott. A lány lehunyta a szemét. Észre sem vette, hogy a férfi eltűnt.

"Ööö, van valami hír arról, hogy mikor láthatjuk Rosalie-t?" - kérdezte.

"Sajnálom, valaki kijön hozzátok. Tudja, hogy itt várakoztok." A nő a billentyűzetén kattogtatott. Amikor E-Z nem mozdult el, a nő másodszor is megpróbálta bátorítani. "Személyesen beszéltem az igazgatómmal. Amint tud, kijön, hogy beszéljen önnel. Kérem, csatlakozzon a barátjához." Intett a kezével Lia irányába, aki éppen a telefonjával volt elfoglalva.

E-Z vonakodva tért vissza Lia mellé. Figyelte, ahogy az emberek nyüzsögnek körülötte. Néhányan lakók voltak, járókereteket toltak. Néhányan kerekesszékben ültek, őket kísérők tolták, míg mások maguk püfölték a keréküket. A legtöbb lakó mosolygott feléje, néhányan integettek. Azon tűnődött, vajon hányan fogadnak közülük rendszeres látogatókat. Remélte, hogy a legtöbbjüknek igen.

Ahogy az ajtók nyíltak és csuktak, az ebéd illata elérte az orrát, és a gyomra korgott. Kíváncsi volt, milyen finomságokat esznek ma a lakók. Talán halat és sültkrumplit. Talán egy kis pitét a la mode. Azt kívánta, bárcsak nagyobbat reggelizett volna, amikor Lia visszaadta a fejhallgatóját.

"Sikerült felgyorsítani a dolgokat? Éhen halok!"

"Én is, és nem is igazán. Azt mondta, hogy az üzletvezető hamarosan itt lesz velünk, de nem értem, miért nem jön ki Rosalie maga, hogy megnézzen minket. Mi olyan nagy ügy?"

"Nem érzem itt a jelenlétét" - mondta Lia. "Olyan, mintha megszakadt volna a kapcsolat. A zene segített elterelni a figyelmemet egy időre, de most újra eszembe jut, és éhes vagyok. Nem jó kombináció."

"Hallom" - mondta E-Z, amikor egy magas, vezérigazgatói igazolványt viselő nő lépett feléjük, és bemutatkozott.

"A nevem Eleanor Wilkinson, és én vagyok itt a vezérigazgató." Megrázta a kezüket. "Ha jól tudom, önök ketten Rosalie barátnői. Jártak már itt nála korábban?"

"Nem, még nem jártunk itt" - mondta Lia. "De barátok vagyunk vele, közeli barátok. És aggódunk érte. Nem válaszolt az üzeneteimre, és nem vette fel a telefonját sem."

Ms Wilkinson azt mondta: "Sajnálom, hogy ezt kell mondanom, de Rosalie valamikor az éjszaka folyamán meghalt. Várjuk, hogy megérkezzenek a legközelebbi hozzátartozói. Nem laknak a közelben.

"Elnézést kérek, hogy ilyen sokáig várakoztattam. De beszélnem kellett velük, mielőtt veled beszéltem volna. Megérti. Vannak szabályaink, amiket be kell tartanunk."

Lia visszahanyatlott a székre, és zokogásban tört ki, miközben E-Z a kezét a sajátjába vette, és néhány másodpercig csendben ültek, mielőtt megkérdezte: "Mi történt vele?".

"Nyomozás alatt áll" - mondta Wilkinson. "Sajnálom, ennél többet nem mondhatok. Hacsak nem vagy családtag. Részvétem a veszteségük miatt."

"Ő jelentette nekem a világot" - mondta Lia.

"Hogyan ismerte meg őt?" Wilkinson megkérdezte. "Nagyszerű hölgy volt. Mindenki szerette." "Egy barátja révén találkoztunk" - hazudta Lia.

"Érdekes", mondta Wilkinson, "figyelembe véve a korkülönbséget."

"Úgy érti, mert én gyerek vagyok, ő pedig nem? Mármint nem volt" - kérdezte Lia dühösen. A lány felállt.

"Bocsánat, nem akartalak felzaklatni. Persze, sok itteni lakó örülne, ha lenne barátja, akivel beszélgethetne. Különösen az olyan érdeklődő gyerekek, mint ti, akiknek elmesélhetnék az élő történeteiket. Így nem merülnének feledésbe, miután elmentek."

"Mi mindig emlékezni fogunk Rosalie-ra" - mondta E-Z.

"Láthatnánk őt, hogy elbúcsúzzunk tőle?" Lia megkérdezte.

"Attól tartok, erről szó sem lehet. Vannak eljárásaink. De ha meghagyják az adataikat, egy telefonszámot a pultnál, fel tudjuk hívni önöket. Hogy tudassuk önnel, mikor lesz a látogatás és a temetés".

E-Z otthagyta a telefonszámát a recepción. Éppen taxiba akartak szállni, amikor eszébe jutott a könyv.

"Várj itt" - mondta. "Mindjárt visszajövök."

A recepcióhoz lépett.

"Sajnálom, de nem tudjuk elfogadni Rosalie barátunk halálát. Addig nem, amíg legalább egyikünk nem látja őt. Ms. Wilkinson azt mondta, hogy nem mehetünk be, de beugorhatnék a szobába? Nem maradnék sokáig. Tehát elmondhatom a barátomnak, hogy láttam Rosalie-t, és megerősíthetem, hogy már nincs velünk? Annyi mindenen ment keresztül, hogy elvesztette a szemét, meg minden.

Megkönnyebbülne, ha valaki, akit ismer és akiben megbízik, biztosan tudná."

"Á, szegénykém. Megértem. Gyere velem" - mondta a nő. Amikor az íróasztal túloldalára ért, megkérte egy kollégáját, hogy helyettesítse. "Mindjárt jövök" - mondta a nő.

E-Z követte a nőt mélyebbre az idősek otthonának szívébe. Világos volt, nem lehangoló, mint amilyennek az ilyen típusú otthonokat hallotta, de nagyon csendes. Valószínűleg azért, mert mindenki a büfében ebédelt. A gyomra ismét korgott.

"Mindenki az ebédlőben van - mondta a nő, mintha tudná, mire gondol. "Ma hal és sült krumpli nap van, utána piros zselével és tejszínhabbal. Mérhetetlenül népszerű étel, amiből mindenki részesülni akar. Bármelyik másik napon lehetetlen lenne beengedni, mert túl sokan motoszkálnának."

"Az biztos, hogy jó illata van" - mondta E-Z. "És köszönöm a segítséget, én, mi, nagyon hálásak vagyunk érte."

Megállt, és kihúzta az ajtót.

"Ez itt Rosalie szobája. Én itt fogok várni. Legfeljebb két percetek van, ha valaki észrevesz."

"Még egyszer köszönöm" - mondta E-Z, miközben az ajtó becsukódott mögötte. Furcsa szag volt, mintha máglya lett volna. Körülnézett a szobában, hátha talál kamerákat. Amennyire tudta, nem voltak.

A fehér lepedő alatt a barátjuk tetőtől talpig be volt takarva. Közelebb lépett, küzdött a menekülés késztetésével, de biztosra kellett mennie, hogy a saját szemével lássa. Visszahúzta a lepedőt, és figyelte, ahogy az, mint egy szellem, a földre hull.

Azonnal szag támadta meg az orrát. Mint egy grillsütés. Égett hús. És meglátta Rosalie lefelé lógó karját, amelyet égési sérülések és hólyagok borítottak. Mi történt vele? Ki tette ezt a szörnyűséget vele, és miért?

Eltolta a székét, és körülnézett a szobában, amely makulátlan volt, nyoma sem volt tűznek. Nem történhetett itt. Ha nem, akkor hol? Talán azután költöztették át ebbe a szobába?

A nő az ajtóban kopogott. "Kérem, siessenek!" - mondta.

Kinyitotta az éjjeliszekrény fiókját. Ott volt. A könyv, amiről Rosalie mesélt nekik. Az, amelyikbe a többi gyerekről szóló információkat jegyezte fel.

"Lejárt az idő - mondta a nő.

E-Z a háta mögé gyömöszölte a könyvet. Megnyomta a gombot, hogy kinyíljon az ajtó, és visszamentek a recepcióra.

"Köszönöm - mondta. "A barátomtól és tőlem. Ön békét adott nekünk. Kérem, tudassa velünk, mikor lesz a temetés és a látogatás. Ó, még valami, észrevettem, hogy égési sérülések vannak a testén. Megsérült más lakó is a tűzben?"

"Ó, te jó ég - mondta a nő. "Nem is tudom. Nem hallottam semmit a tűzről. Nem láttam a holttestet, mármint Rosalie-t magam sem. Nekem csak azt mondták, hogy elhunyt. A részletekről nem tudok semmit."

"Minden rendben van" - nyugtatta meg E-Z. "Nem mondok semmit. Nagyra értékelem mindazt, amit tettél. Köszönöm."

"Itt nem történt tűz" - mondta a nő. "Nem szólalt meg a riasztó, amiről tudnék. Nem hívtak tűzoltóautót. Én... Ó, Istenem."

E-Z legyintett, és eltávolodott a pult mellől. A nő még mindig magában fecsegett. Úgy gondolta, az lesz a legjobb, ha eltűnik onnan.

A sofőr segített E-Z-nek beülni a hátsó ülésre a várakozó Lia mellé, majd elpakolta a kerekesszékét a csomagtartóba.

"Sokáig tartott - panaszkodott Lia. "Mi az?"

Megpróbálta megfogni a könyvet, de E-Z továbbra is a kezében tartotta. Észrevette, hogy a taxiórán máris több pénz van, mint amennyi nála van.

"Ezen nem lehetett segíteni. Rosalie-ra pillantottam. És ezt megragadtam. Ez az a könyv, amiről mesélt nekünk. Majd megnézzük, ha hazaértünk." "Van nálad pénz?" - suttogta.

Kettejük között nem volt annyi, hogy fedezzék a taxidíjat.

"Meg kell kérned anyukádat vagy Sam bácsit, hogy segítsen ki minket" - mondta, amikor a sofőr megállt a ház előtt.

A sofőr visszasegítette E-Z-t a székébe, míg Lia beszaladt a házba. Elég pénzzel jött ki, hogy fedezze a viteldíjat, és a sofőr elhajtott.

"Sam adta nekem a pénzt."

"Megkérdezte, hogy mire kell?"

"Nem, de gondolom, meg fogja kérdezni."

Odabent Sam és Samantha a konyhában tüsténkedtek. Próbálták sietve elkészíteni a reggelit, miközben az ikrek éhes kiáltásokkal szerenádozták őket.

"Miért nem vagytok az iskolában?" Kérdezte Sam.

"Majd később elmagyarázom. Uh, segíthetünk?"

"Nem, de köszönöm" - mondta Samantha. Elkezdte etetni Jacket.

Sam bólintott, és nekilátott Jill etetésének.

E-Z és Lia bementek a szobájába, és becsukták az ajtót. Alfred az újságot olvasta.

"Rosalie meghalt - bökött ki Lia, majd térdre rogyott és zokogott, miközben E-Z átkarolta, Alfred pedig mellé sietett. A Hármak összeölelkeztek, és addig sírtak, amíg már nem maradtak könnyeik.

"Mi az ott nálad?" Kérdezte Alfréd.

"Megragadtam a könyvet."

Lia felvette, majd felállt és a mellkasához szorította, mintha a barátját ölelné, ehelyett mindent látott. Rosalie-t A fehér szobában. A Fúriákat vele együtt A Fehér Szobában. A könyvek égését. Leomló polcok. Tűz mindenütt.

Lia térdre rogyott.

"Olyan bátor volt. Nagyon bátor."

"Láttad a tüzet?" E-Z kérdezte. "Mi történt?"

"Tudtál a tűzről?"

A férfi bólintott.

"Miért nem mondtad el nekem?" A nő már tudta a választ a kérdésre. A férfi megvédte őt az igazságtól.

"Amikor megérintettem a könyvet, mindent láttam. Rosalie a Fehér Szobában volt. És a Fúriák is ott voltak vele. Azt akarták, hogy meséljen nekik rólunk, és a többi gyerekről. Kínozták, de ő nem engedett."

"Miért nem hívott minket?"

"Megpróbálta. Nem tudtam, hogy élet-halál kérdése. Elment, ezért azt hittem, hogy minden rendben van."

"Nem a te hibád" - mondta E-Z.

"Egyedül halt meg, a könyvespolcok alatt, körülötte égtek a könyvek. Nem érdemelte meg, hogy így haljon meg. Senki sem érdemli meg, hogy így haljon meg." A kezébe zokogott.

"Szegény Rosalie" - mondta. "Hívhatott volna engem. Már korábban is megtette. Miért nem hívott meg engem?"

"Mert veszélybe sodort volna téged. Meghalt, miközben minket védett."

"Tehát a Fúriák megpróbálták kiszedni belőle a nevünket és a többi gyerek nevét, és ő feláldozta magát, hogy megmentsen minket? Hogy megőrizze a titkunkat. Milyen csodálatos nő volt Rosalie. Soha nem fogjuk elfelejteni őt - soha" - mondta Alfred, miközben küzdött a könnyeivel. "Megérdemli a kitüntetést. Egy becsületrendet."

"Várjunk csak, lehet, hogy megakadályozták, hogy felhívjon minket?" mondta E-Z.

"Küldött ugyan SOS-t, de ezt már korábban is megtette. Egyszer akkor tette, amikor elfogyott a tea az otthonban, és ki akarta szellőztetni a dolgot. Nem tudtam, hogy ez az SOS azt jelenti, hogy az élete veszélyben van."

"Nem tudhattad. Egyikünk sem tudhatta. Nem hibáztathatjuk magunkat." Mindhárman elhallgattak. "Várj egy percet, nézzük meg a könyvet."

"Minden olyan, amilyennek megmondta nekünk. Egy teljes lista, részletekkel az összes olyan gyerekről, aki olyan, mint mi. Hála az égnek, hogy a Fúriák nem tették rá a kezüket!"

"Hé, várj egy percet!" mondta E-Z. "A puszta gondolat, hogy megkínozták őt, hogy információt szerezzen rólunk és a többiekről - azt jelenti, hogy A Fúriák tudják, hogy mindannyian létezünk. Ez azt jelenti, hogy ezek a gyerekek odakint vannak, teljesen egyedül, és még csak nem is tudják, mi vár rájuk!

"Előbb el kell jutnunk hozzájuk. Mert csak idő kérdése, hogy - bárhogyan is tudtak rólunk, róluk - kitalálják, hol vannak."

"Mi van azonban, ha ez egy csapda, hogy egyenesen hozzájuk vezessük a Fúriákat?" Alfréd érdeklődött.

"Nem hiszem, hogy tudják, hol találnak minket, különben itt lennének, nem igaz?" kérdezte E-Z. "Úgy értem, megvolt a meglepetés ereje. Azzal, hogy megölték Rosalie-t, megadták a kezüket. Tudtunkra adták, hogy tudnak valamit... valószínűleg azért, hogy a fejünkbe férkőzhessenek, mert mi vagyunk a főnökök." "És mi van a többi gyerekkel?" Lia megkérdezte. "Hogyan jutunk el hozzájuk, anélkül, hogy a saját kezünkbe adnánk a kezünket?"

"Hadz? Reiki?" E-Z hívott. "Ha hallotok, szükségünk van a közreműködésetekre és a segítségetekre."

POP.

POP.

"Tudsz valamit Rosalie-ról?" - kérdezte.

"Igen, tudunk, és szomorú, szomorú történetet kell elmesélnünk" - mondta Hadz, és a szárnyával törölgette a könnyeit. "Itt kínoztak a Fehér Szobában. És ha ez nem lenne elég rossz - teljesen elpusztították azt és mindent, ami benne volt. Az a sok gyönyörű, szárnyas könyv - eltűnt. Rosalie - eltűnt. Eltűnt." A zokogás miatt nem tudott tovább beszélni.

"Jól van, jól van" - mondta Reiki. "És ez még nem minden. Nem tudjuk, mi történt Rosalie lelkével."

"Várj, a teste az ágyban van a szobájában, a város túloldalán, az idősek otthonában. Talán a lelke is ott van vele?" kérdezte E-Z.

Reiki azt mondta: "Van valami lepecsételve, elzárva a levegőtől, mindentől? Ha igen, kérlek, menj és hozd el azonnal - aztán elmegyünk és megnézzük, hogy Rosalie lelke vele van-e. Meggyőzzük, hogy menjen be a konténerbe - ideiglenesen -, amíg kiderítjük, hol van a lélekfogója. Nagyon remélem, hogy azok a fúriák nem vitték el."

E-Z kisietett a konyhába, ahol Sam és Samantha az ikrek etetésével volt elfoglalva. "Megvan még az a nagy termosz?"

"Igen, a szekrényben van a hűtőszekrény fölött" - mondta Sam, majd a fiához kacérkodott.

"Köszi" - mondta E-Z, miközben visszament a szobájába. "Ez megteszi?"

Mindkettőjükre szükség volt, hogy elvigyék a tartályt.

"Várj!" Alfréd felkiáltott, még épp időben, hogy elkapja őket, mielőtt Hadz és Reiki kiugrottak volna. "Talán én is segíthetek? Nekem gyógyító erőm van. Vigyetek magatokkal. Hadd próbáljam meg. Kérlek."

POP

POP

FIZZLE

És mindhárman eltűntek, Rosalie szobájában landoltak.

"Ott van - mondta Alfréd, és felugrott az ágyra, vigyázva, nehogy rátaposson a pókhálós lábával. A csőrét használva felemelte a lepedőt, miközben Hadz és Reiki a közelben lebegett.

"Mit fog csinálni?" Érdeklődött Reiki.

"Pszt" - mondta Hadz.

Alfréd a csőrét Rosalie homlokára tette, és egyik szárnyával megérintette a szívét. Semmi sem történt.

"Hadd próbáljak meg valami mást - mondta a hattyú. Ezúttal Rosalie teste fölött lebegett, a homlokát az övéhez nyomta. Megint semmi.

"Mindent megpróbáltál - mondta Hadz -, most a lelkét kell biztosítanunk. Gyere elő, gyere elő, bárhol is vagy."

És csak úgy, Rosalie lelke feléjük sodródott.

"Itt biztonságban leszel" - mondta Reiki, miközben a lelket a tartályba csalogatták, majd a fedelet szorosan lezárták.

POP.

POP.

FIZZLE.

"Sikerült segíteni rajta?" Lia megkérdezte, de Alfréd tekintetéből már tudta a választ. Megölelte a férfit: "Biztos vagyok benne, hogy mindent megtettél, ami tőled telik".

"Tényleg megtette" - mondta Hadz.

"A lelke azonban biztonságban van, itt... senki sem nyithatja ki. Biztonságban kell tartani, amíg a Lélekfogó készen nem áll, hogy átvegye."

"Talán magadnál kellene tartanod?" Mondta Alfréd. "És köszönöm, hogy megpróbálhattam."

E-Z szobájában a Hármak kidolgoztak egy tervet, hogy összehozzák a többi gyereket. Úgy döntöttek, hogy E-Z Ausztráliába utazik, Lachie-ért - akit úgy is hívtak, hogy A Fiú a dobozban. Alfred Japánba szárnyalna, ahol Harutót, az erdőben magára hagyott fiút gyűjtené be. Végül, de nem utolsósorban, Lia az Egyesült Államokon keresztül utazna Brandyért, a lányért, aki újra életre tudott kelni.

A küldetésük egyértelmű volt - hogy mit fognak csinálni, amikor odaérnek, az már nem. A Mások különböző korúak, különböző kultúrájúak, különböző nyelvűek voltak. Némelyiküknek szüksége lenne a szüleik engedélyére, némelyiküknek viszont nem.

"Vajon mit mondhatott nekik Rosalie rólunk?" Lia megkérdezte.

"Megkérdezhetjük őket, ha találkozunk velük" - javasolta Alfréd.

"Addig is csomagolnunk kell, és terveznünk kell. Én majd a székemben odamegyek, de nektek van más lehetőségetek is. Döntsétek el, mi a legjobb nektek, és valósítsátok meg a terveteket. Bízom benne, hogy helyesen döntötök, és az idő ketyeg."

"Örülök, hogy ezt mondtad - mondta Lia -, mert nem vagyok benne biztos, hogy oda akarok-e repülni repülővel. Arra gondoltam, hogy Little Dorrit lenne a legjobb megoldás, de nem vagyok benne biztos, hogy ő is lelkes lesz érte. Egy utassal fog elrepülni, és kettővel fog visszajönni."

"Én sem vagyok benne biztos" - mondta Alfred. "Én magamtól is odarepülhetnék - de mivel Haruto még elég fiatal -, el kellene kísérnem a gépen - hacsak a szülei nem jönnek vele. Ráadásul aggódnom kell a rossz időjárás miatt - és hosszú az út."

"Ahogy mondtam, ti ketten döntsétek el, mi a legjobb nektek. Alfred, ha úgy döntötök, hogy repülővel mentek - kérjétek meg Sam bácsit, hogy intézze el nektek a részleteket."

A Hármak felkészültek arra, hogy az összes gyereket összehozzák. Aztán megtervezik - hogy legyőzzék azokat a gonosz fúriákat. Még akkor is, ha ez volt az utolsó tervük.

1. FEJEZET
AUSZTRÁLIA

E-Z VOLT AZ ELSŐ a csapatból, aki elhagyta Észak-Amerikát. Kerekesszékében az égen átrepülve élvezte a szabadságot, amit a szabad levegő lehetővé tett.

A puszta gondolattól is kirázta a hideg, hogy a kerekesszékét a repülőgépen el kell helyeznie. Mi van, ha elveszik? Vagy tönkremegy? Nem érte meg vállalni a kockázatot. Batman elhagyná a Batmobilját? Soha.

Bár biztos volt benne, hogy Lachie-vel együtt repülővel kellene visszamennie. Nem lenne helyes, ha a kölyök egyedül repülne. Talán kivételt tennének vele, és hagynák, hogy a tolószékében repüljön? Érdemes lenne érdeklődni. Majd átmegy azon a hídon, ha odaér. Különben is, még csak gondolni sem akart a repülőgépes ételekre. Hála az égnek, hogy most is volt nála csomagolt ebéd.

Kidobósdit játszott a felhőkkel - és egyszer-kétszer egyenesen átment rajtuk. De koncentrálnia kellett. Elvégre Ausztrália a világ másik felén volt.

Rosalie jegyzetei a dobozban lévő fiúról nem voltak olyan hasznosak, mint remélte. Olvasott a történetéről az interneten. Ami a legjobban feltűnt neki, az az volt, hogy a fiú most az állatokat jobban kedvelte, mint az embereket. Ennek volt értelme mindazok után, amin keresztülment.

Szegény kölyök annyira össze volt zavarodva, amikor rátaláltak, hogy elfelejtett beszélni. E-Z tudta, hogy létezik kegyetlenség a világban, de ez kimondhatatlan volt.

E-Z-nek rengeteg kérdése volt, amire remélte, hogy választ kap, például, hogy hol vannak Lachie szülei? Ki etette és takarította a ketrecét? Ki tette be oda? Miért?

A cikk szerint riportereket küldtek ki, hogy fotókat készítsenek a fiúról, hogy lássák, hogy van, de az állatok nem engedték őket a közelébe. Még akkor sem, amikor teleobjektívvel próbálkoztak. A szarkák megtámadták és bombázták őket. Megnézett néhány klipet a szarkatámadásokról - olyan volt, mintha valami a Hitchcock-filmből, A madarakból vették volna elő. Végül az egyik szarka elrepült a riporter objektívjével. Ezután békén hagyták a fiút.

E-Z remélte, hogy sikerül elnyernie a fiú bizalmát. És hogy az állatbarátai is bízni fognak benne. Ha nem, akkor az útja értelmetlen lenne. Nos, nem igazán értelmetlen, ha találkozik és beszél a fiúval. Vajon segíteni akar majd másokon, azok után, ahogyan vele bántak? Ezt csak az idő fogja megmutatni.

Az Atlanti-óceán felett repült. Már korábban is repült ezen az útvonalon, és itt találkozott először Alfréddal. A zsebében lévő telefonja rezgett - megnézte, és egy üzenetet kapott Liától.

"Csak szólni akartam, hogy a Kis Dorrit-tal utazom."

"Úgy döntöttél, hogy mégsem repülsz - repülővel -?"

"Kis Dorrit felbukkant, és ő is a programomban van."

"Jól hangzik." Küldött egy hüvelykujj felfelé emojit.

"Hol vagy?" - kérdezte.

"Az Atlanti-óceánon túl. Víz, víz és még több víz."

Megszakították a kapcsolatot, és a férfi felvette a tempót, átkeltek Afrikán, ahol megpillantotta a Robben-szigetet - a börtönt, ahol Nelson Mandelát közel harminc évig tartották fogva.

A gyomra korgott; nem volt ínyére a szendvics a hátizsákjában. Ezért Fokvárosban leszállt, és remélte, hogy a bankkártyájával tud majd enni valamit. Meglátott egy táblát, amely egy "Traditional Fish and Chips" nevű, brit zászlóval ellátott helyet jelzett, és bankkártyát is elfogadtak. Kivitte az elkészített ételt, és felrepült a Lion's Head tetejére. Miután befejezte az étel elfogyasztását, ami nagyon finom volt, készített egy szelfit, majd folytatta útját.

"Ébressz fel két óra múlva" - mondta a kerekesszékének, amely rezgett, majd felgyorsult. Amikor újra felébredt, már az Indiai-óceánon kelt át. A körülötte lévő hatalmas csillagnépességtől valahogy kevésbé érezte magát egyedül. Tovább utazott, és diadalmasan érezte, hogy már majdnem célba ért, amikor meglátta a horizonton a napot, amint felfelé nyomul az égen, hogy beköszöntsön az új nap.

Aztán ott volt előtte - a folt Ausztrália partjainál. Izgatottan várta, hogy a saját szemével láthassa, felgyorsult, és elindult felé. Rájött, hogy nagyon szomjas, ezért belenyúlt a hátizsákjába, és elővett egy üveg vizet, amit kiürített. Az üres üveget visszatette a táskájába, hogy később kidobhassa, és bár még mindig eléggé tele volt a korábban elfogyasztott hal és sült krumpli miatt. Úgy döntött, hogy inkább megeszi a sonkás-sajtos szendvicset, amit Sam bácsi csomagolt.

Nyugat-Ausztrália fölött repült, most már érezte a hőséget, levette a melegítőfelsőjét, és a hátizsákjába tette. Folytatta útját Az Outbackben, az Északi Területen, és azon tűnődött, hogy pontosan hol is szálljon le, amikor egy apró, kék árnyalatú tollú madárka, amelyet egy fekete gyűrű hangsúlyozott a nyakán, feléje repült.

"Kövess engem, E-Z - mondta. "Már vigyáztam rád."

"Ööö, mi vagy te?" - kérdezte.

"Egy tündérszárnyas vagyok" - mondta a lány. "Gyere, már vár."

Egy csapat ölyv kísérte őket.

"Ne aggódj" - mondta a tündérkócsag. "Ők a kísérőink."

Megfigyelte, milyen egyedi formában mozognak a fekete mellű ölyvek fehér csíkjai. Hallott már a mozgó költészetről, most már pontosan tudta, mit jelent ez a kifejezés.

Aztán megpillantotta a fiút. Alattuk volt, és integetett. E-Z visszaintett. Eltekintve attól, hogy egy kivételesen nagy madár hátán ült, úgy nézett ki, mint bármelyik másik gyerek.

"Üdvözöllek Ausztráliában - mondta. "Hamarosan besötétedik, úgyhogy kövessetek. Ja, és mellesleg hívhatsz Lachie-nek."

"Örülök, hogy megismerhetlek Lachie! Alig várom, hogy többet láthassak a mesés országotokból. Bárcsak tovább maradhatnék."

"Ezek itt a szavannai erdőségek" - mondta a fiú. "Lélegezzen mélyeket, és észre fogja venni az eukaliptusz illatát."

"Igen, csodálatos illata van" - mondta E-Z.

Tovább utaztak, keresztül a köves vidéken, az ártereken és a billabongokon. Végül elérték úti céljukat a The Outliersben.

"Itt lakom" - mondta a fiú. "A Kakadu Nemzeti Park Ausztrália legnagyobb szárazföldi nemzeti parkja, több mint húszezer négyzetkilométernyi területével. Itt élek a növényekkel és az állatokkal együtt." A tündérszárnyas a fejére szállt. "Ó, megint elfáradtál" - mondta a fiú mosolyogva. Aztán E-Z-nek: "Gyakran szüksége van egy fuvarra".

Amikor megérkeztek egy táborhelyre emlékeztető területre, a fiú azt mondta: "Üdvözöllek az otthonomban".

"Köszönöm" - mondta E-Z. "Biztosan jól jönne egy zuhany, vagy egy fürdő, és pisilnem is kell".

"Kiástam egy mosdót, ott a fa mögött. Ott biztonságban leszel. Aztán megmutatom, hol van a vízesés, hogy megmosakodhass."

"Egy vízesés, mi? Vannak ott krokodilok?"

"Vannak krokodilok... de hozzászoktak, hogy a vízesést használom. Veled tartok az első alkalommal, ha szeretnéd."

"Nem, nekem szárnyaim vannak és a székemnek is. Elrepülünk, ha nagy csobbanást hallunk!"

"Goodo" - mondta a legkisebb. "Csak lebegjetek a zuhanó vízben - ne szálljatok le -, és nem lesz semmi bajotok. Addig is összeszedek valami ennivalót a vacsorához. Ha segítségre van szükséged, csak kiálts, és máris rohanok."

Ahogy közeledett a vízeséshez, észrevette a táblákat - méghozzá rengeteg olyat, amelyeken VESZÉLY és FIGYELEM állt. Az egyik azt mondta, hogy sós és édesvízi krokodilok is vannak a környéken. Jujj.

"Fel, fel a csúcsra!" - irányította a székét. Egyenesen a vízbe ment, arccal előre, és ott ült, élvezte, ahogy a víz lezúdul rá és körülötte. Eleinte hideg volt, de amikor megszokta, jól érezte magát.

Ahogy körülnézett, eszébe jutott az emu, amelyen a fiú találkozott vele. Furcsának tűnt, hogy egy ekkora madár - azokkal a hatalmas szárnyakkal - nem tudott repülni. Olvasott a neten olyan madarakról, amelyek nem tudtak repülni. Meglepődve látta, hogy a listán az emuk, struccok, pingvinek, kazuárok és rheák mellett kivik is szerepelnek. A neten olvasta, hogy a ráták DNS-e megváltozott, így most már nem tudnak repülni. Kicsit bűntudata volt, hogy ő, egy fiú repülhet, míg azok a gyönyörű madarak nem.

Amikor megtisztult és új ruhát kapott, visszament a fiúhoz, aki éppen szorgalmasan készítette az ételüket.

"Ez itt egy kecskeszilva."

E-Z beleharapott egy falatot. Csodálatos íze volt.

"Ez egy piros bokros alma, ezek pedig fekete ribizli."

E-Z mindent megevett, és imádta.

"Na, ez volt a desszertünk, el kell készítenem a főételt." A fiú ásott és ásott, majd előkerült egy fazék, ami túl forró volt ahhoz, hogy kezelni tudja. Amikor egy pálcával levette a fedelet, E-Z-nek összefutott a szája a szagtól, amit főzött.

"Ezek kagylók" - mondta a fiú, és egy lapra tett belőlük.

"Nagyon finomak. Még sosem kóstoltam kagylót."

A nap lassan leesett az égről. "Ideje aludni" - mondta a fiú.

"Még egyszer köszönöm, hogy ilyen szívesen fogadtál." E-Z ásított. Addig észre sem vette, hogy milyen régóta van ébren.

"Ott fent fogsz aludni" - mutatott felfelé, egy fára, amelyen egy faház volt, és egy kötéllétra vezetett lefelé. "Fölrepülhetsz, fékezd be magad, hogy ne mozogj álmodban. Az én szobám ott van" - mutatott egy másik fára, amelynek a tetején egy kötél vezetett lefelé, és egy faház állt.

"Most aludj - mondta Lachie. "Reggel majd mindent kitalálunk.

2. FEJEZET

JAPÁN

ALFRÉDOT AZ E-Z TEHETTE ki útban Ausztráliába. Ehelyett úgy döntött, hogy a hagyományos emberi módon repül - egy repülőgépen.

Samnek némi alkudozásra volt szüksége, hogy meggyőzze a légitársaságot, adjon helyet a trombitás hattyúnak. Nem is beszélve arról, hogy az első osztályon. Sam a munkahelyi kapcsolatait használta fel, hogy segítsen Alfrédnak stílusosan utazni.

Az utastérben fülhallgatót és szerencsehozó csokornyakkendőjét viselve Alfréd otthon érezte magát. Nyugodt volt, az utaskísérő pedig figyelmes. Mégis alig várta, hogy megérkezzen Japánba. És hogy találkozzon a Haruto nevű fiúval.

Alfréd a közelben elrakta a hátizsákját, és benne volt néhány rágcsálnivaló. Megvárta, amíg igazán éhes lesz, mielőtt belevágott volna a zacskó vadrizsbe és vadzellerbe. Az ételek mellett volt nála egy tartalék akkumulátor a telefonjához, és Sam hitelkártyája, rajta egy beleegyező levéllel, hogy használhassa.

Miközben kinézett az ablakon, ahogy a felhők tovarepültek, Harutóra gondolt. Rosalie feljegyzései szerint sokkal fiatalabb volt, mint a többi gyerek. És fogalma sem volt arról, hogy milyen képességei vannak - feltéve, hogy vannak.

Alfréd terve az volt, hogy először mindent elmagyaráz Haruto szüleinek, és remélhetőleg sikerül őket is rávenni. Aztán, hogy könnyebben belemegy a részletekbe, hogyan segíthetne Haruto, miután megerősítette a szakterületét, vagyis azt, hogy milyen képességei vannak.

A nehéz rész az lesz, hogy meggyőzzék őket, hogy engedjék meg a fiatal fiuknak, hogy a tengerentúlra utazzon. A fizetés nem jelentett problémát - Sam azt mondta, hogy erre a hitelkártyáját kellene használnia. De rávenni őket, hogy beleegyezzenek abba, hogy egy hattyú elvigye a gyereküket Észak-Amerikába, na, ahhoz már csak meggyőzni kellett őket.

Hátradőlt az ülésben, és az hátradőlt.

"Szeretne valamit?" - érdeklődött a csinos utaskísérő.

Még jó, hogy az emberek most már értették őt. Sokkal könnyebbé tette az életét, hiszen nem volt szükség tolmácsra.

"Egy csésze tea jól esne - mondta Alfréd. "Egy tálban" - tette hozzá. "Nehéz ezt a csőrt beletenni egy teáscsészébe."

A kísérő elmosolyodott. Pillanatokkal később visszatért egy tállal, egy teafilterrel, cukorral, tejjel és egy másik tál hűvösebb vízzel. "Arra az esetre, ha a tea túl forró lenne" - mondta.

"Valóban nagyon figyelmes" - mondta Alfréd.

Hagyta kihűlni a teát, és tovább nézett ki az ablakon. Olyan jó volt hátradőlni és élvezni a kilátást. Anélkül, hogy aggódni kellene a nagy széllökések, a hó, az eső vagy a ragadozók miatt.

Végül megitta a teáját egy kis tejjel és cukorral, majd elszenderedett.

Arra ébredt, hogy az utaskísérők leszállásra készítik fel az utasokat. Végigaludta az egész repülést!

Az ablakon keresztül teljes rálátása volt a Haneda repülőtérre. Körülötte sok-sok friss füvet látott, amit megehetett. Megkóstolt egy keveset, a rizst és a zellert pedig későbbre tartogatta.

Távolabb Japán legmagasabb hegyének, a Fuji hegynek a körvonalai látszottak. Samnek igaza volt, a repülőgép bal oldalán ülve lehetett a legjobban látni a Japán szíveként ismert hegyet.

"Tudtad, hogy van egy kilátóterasz, az ötödik emeleten? Onnan talán jobb kilátás nyílik a Fudzsi-hegyre" - mondta az utaskísérő Alfrednak.

"Bárcsak több időm lenne, de köszönöm. Talán visszafelé menet."

Az utaskísérők megengedték neki, hogy elsőként szálljon ki a gépből. Úgy álltak sorba, hogy elbúcsúzzanak tőle, mintha rocksztár lenne.

Mivel Alfrédnál csak a kézipoggyásza volt, és a hattyúk nem jogosultak útlevélre, kiment a repülőtérről, hogy taxit keressen.

Az utazás előtt az interneten utánanézett, hogyan lehet taxit bérelni Japánban. Az információk szerint egy piros matricát kellett keresnie a taxik szélvédőjének jobb alsó sarkában. Ez a piros matrica megerősítette, hogy a taxi bérelhető.

Amikor talált egyet a matricával, nagyon boldog volt. Felrepült a nyitott ablakhoz, és a csőrét használva adott egy cetlit a sofőrnek. A cetli jelezte, hogy hová kell mennie. A sofőr kedves volt, és nem bánta, hogy hattyú utast szállított. Megnyomott egy gombot a kormánykeréken, ami kinyitotta a hátsó ajtót, így Alfréd beszállhatott. A sofőr becsukta az ajtót, és elindultak.

Haruto és családja Japán második legnagyobb városában, Yokohamában élt. Bár próbálta szemügyre venni a látnivalókat, beleértve a város látképét, csak arra tudott gondolni, hogyan fogja meggyőzni Harutót és a családját, hogy vegyenek részt a Fúriák elleni harcukban.

A hátizsákjában lévő telefon rezgett. Belenyúlt; egy üzenet volt E-Z-től.

"Most Lachie-vel. Hogy vagy Japánban?"

A csőrével gépelt, ezt a trükköt megtanulta magának, mivel egyedül utazott Japánba. Gyors is volt, és nem sok gépelési hibát vétett.

"Már majdnem Yokohamában vagyok egy taxival. Remélem, hamarosan megérkezünk Haruto házához."

E-Z küldött neki egy hüvelykujj felfelé emojit.

Alfréd fia imádott Gundam robotokat építeni. Yokohamában éppen egy óriásrobotot építettek. Amikor elkészül, 59 láb magas lesz, fedezte fel, amikor a neten olvasott róla. A fia szívesen elutazott volna

Japánba, hogy megnézze. Mióta meghaltak, Alfréd igyekezett nem gondolni rájuk, mert elszomorította. Ma azonban, itt Japánban úgy döntött, hogy mindent megnéz, amit csak tud, mintha a családja ott lenne mellette. Az élet túl rövid volt, még hattyúként is ahhoz, hogy állandóan szomorú legyen.

A sofőr megállt egy kertes ház előtt, amelynek lépcsőjén a korlát két oldalán virágok sorakoztak. A sofőr kinyitotta az ajtaját, és Alfréd kiszállt. Felsétált néhány lépcsőn, megállt, és a lépcső két oldalán bőségesen rendelkezésre álló fűből falatozott. A levegő hűvös és illatos volt, és a ház előtti zárt kert gyönyörű. Már majdnem felért, amikor észrevette, hogy a házat körülvevő elülső terület nagyon hívogató, balra a bejárat mellett egy baglyos vízjátékkal. Mégis, maga a házban minden redőny le volt húzva, mintha senki sem lenne otthon. Nagyon remélte, hogy valaki ott lesz, hogy üdvözölje őt. Kedve lett volna egy kis harapnivalóra és egy kis pihenésre.

Csőrével bekopogott az ajtón. Az ajtó közepe melletti dobozból hang hallatszott, amit nem tudott elérni anélkül, hogy ne szállt volna el - amit meg is tett.

"A nevem Alfréd - mondta.

Az ajtó kinyílt, és egy idős asszony intett neki, hogy menjen be. Követte őt, és azon tűnődött, vajon a csapat valamelyik tagja felvette-e a kapcsolatot a családdal, hogy bemutatkozzon az érkezése előtt.

Tovább követte a nőt, miközben csak a keményfapadlóra csapódó úszóhártyás lába koppanásának hangja hallatszott. A ház belseje tele volt fával - és illatos orchideák töltötték meg a levegőt. Az idős nő a nappaliba vezette, amely tele volt bútorokkal, többnyire bőrből készültekkel. A ház hátsó részében a redőnyök nyitva voltak - a férfi a hátsó kertben lévő plüss zöldellő kertre nyílt kilátás. A nő egy szék felé mutatott, és a férfi megindult, hogy beüljön.

Éppen csak kényelembe helyezte magát, amikor a nő visszatért a szobába egy tálcával, amelyen gőzölgő forró tea és néhány sütemény volt. Mintha már számított volna rá - vagy ez, vagy az, hogy Japánban sokkal rövidebb ideig tart a vízforralás.

Mögötte egy kisfiú állt, aki a nő lábába kapaszkodott, és mögé bújt. A fiú pont annyi idős volt, mint Haruto, de miután olvasta, hogy japán embert nem szabad a keresztnevén szólítani, ha nem kap rá engedélyt. A fiú időnként Alfrédra pillantott, majd újra elbújt.

Legfeljebb négy-öt évesnek tűnt, és Optimus Prime pólót, rövid nadrágot és papucsot viselt a lábán.

"Szereted Optimus Prime-ot?" Kérdezte Alfréd.

A fiú elmosolyodott, majd visszatért a rejtekhelyére.

A nő elzavarta a fiút, hogy felszolgálhassa a teát.

Alfréd beállított egy tolmácsot a telefonján. Elolvasta a képernyőn a köszönés szavakat, és azt mondta: "Kon'nichiwa". Elnézést kért a rossz kiejtéséért.

"Ő brit" - mondta a fiú, mire az idősebb nő fintorgott.

Alfrédot meglepte, milyen jól beszélt angolul ez a fiatal fiú. "Á, te beszélsz angolul. És igen, az vagyok. Okos vagy, hogy észrevetted az akcentusomat."

A fiú ezúttal a nőre nézett, mielőtt megszólalt. A nő bólintott.

"Apa és anya dolgoznak" - mondta. "Ő az én Sobóm" (ami lefordítva nagymamát jelent) "és a nevem Haruto".

"Helló" - mondta a nő, szintén angolul. "Vissza kellene jönnöd, később."

"A nevem Alfred. Szólíthatlak Harutónak?" A fiú bólintott, majd a nőnek: "Hogy szólíthatlak?".

"Sobo", mondta a nő, "mindenki Sobónak hív, mivel én vagyok Haruto nagymamája, én vagyok mindenki nagymamája. Örömmel osztozik rajtam."

Alfréd bólintott: "Nagyon örülök, hogy mindkettőtökkel megismerkedhetek".

"Rosalie küldött téged?" - kérdezte a fiú.

"Emlékszel Rosalie-ra?" Alfréd megkérdezte. Szuperül örült ennek a kapcsolatnak - bár ha előre tudta volna, hogy Haruto beszél angolul, talán megspórolt volna neki némi aggodalmat. Mindazonáltal úgy döntött, hogy követi a nő tanácsát, és felállt, hogy távozzon.

"Az apám a közelben dolgozik - mondta Haruto.

"Keresnem kell egy helyet, ahol megszállhatok. Tudna ajánlani egy helyet a közelben?"

Haruto nagymamája adott Alfrednak egy címet útbaigazítással, hogy hogyan lehet oda gyalogosan eljutni.

"Felhívom a barátunkat, aki a szállodát vezeti. Ő majd segít elhelyezkedni, és később csatlakozhat a fiamhoz a kávézóban."

"Köszönöm" - mondta Alfréd.

A séta a szállodáig rövid volt, és élvezte a friss levegőt. Még megkóstolt egy kis japán füvet is, ami meglehetősen jóízű volt, és ivott néhány kortyot a szökőkútból is.

A szoba kicsi volt, de minden megvolt benne, amire szüksége volt, és kivételesen tiszta és jól felszerelt. Az éjjeliszekrényén egy lámpa állt, amelynek talapzata bagoly alakú volt. Fel- és kikapcsolta, és észrevette, ahogy a szemei világítanak. Lezuhanyozott, átöltözött egy másik csokornyakkendőre, majd elindult a kávézó felé, ahol Haruto apjával találkozik.

A telefonja zümmögött; megint egy üzenet volt E-Z-től.

"Hogy van Japán?"

"Szép" - írta vissza a csőrét használva a gépeléshez. "Találkoztam Harutóval és a nagymamájával. Beszélnek angolul. Nagyon félénk, de ismerte Rosalie-t. Feltűnően fiatal volt - talán négy vagy öt éves. Lehet, hogy nehéz lesz meggyőzni a családját, hogy engedjék Észak-Amerikába jönni."

"Rosalie tudta, hogy vannak képességei - de igen, ez fiatalabb, mint gondoltam - mondta E-Z. "Még jó, hogy beszélnek angolul. Hol vagy most?"

"Egy kávézóba megyek, hogy találkozzam Haruto apjával. Egyébként nem hiszem, hogy Rosalie-nak volt ideje frissíteni vagy kiegészíteni a jegyzeteit Harutóról. Úgy hivatkozott rá, mint egy csecsemőre."

"Nem tudom, mennyire kellene aggódnunk ebben a szakaszban, de olvastam a neten - azt írta, hogy a Fúriák bármilyen formát felvehetnek. Csak megosztottam az infót. Mivel nem ismerhetjük fel őket, ha rájönnek ránk, óvatosnak kell lennünk."

Alfréd egy hüvelykujj felfelé emojit küldött.

"Most már mennem kell - mondta E-Z.

3. FEJEZET

BAD DREAMS (ROSSZ ÁLMOK)

E-Z ALUDT és ÉBREN volt. Vagyis látta a plafont az ágya fölött, érezte, hogy a matrac alátámasztja a hátát. És mégis, a fejében három banshee sikoltozott:

"Mondd meg, hol vagy!"

"Mondd el nekünk!"

"Mondd el nekünk MOST!"

"Neeeeeeeeeeeeeeeeeeeeeee!" - sikoltotta.

Aztán a feje fölött a mennyezeten egy tükör volt. De a benne lévő személy, aki visszatükröződött rá, nem ő maga volt. Helyette Sam bácsija volt az. És a tükörképben Sam bácsi sikoltozott és vonaglott a fájdalomtól.

"Sam bácsi a barlangunkban van!" - kiáltotta az első boszorkány.

"És soha többé nem jut ki onnan!" - dorgálta a másik kettő egybehangzóan.

Aztán mindhárman olyan nevetésben törtek ki, amilyet még sosem hallott. A hangok hiénaszerűek, zsigeri, állatiasak voltak.

"Beszélj!" - követelték a gonosz boszorkányok, és úgy bökték és bökdösték Sam bácsit, mintha egy húsdarab lenne, amit sütés előtt előkészítenek.

"E-Z" - mondta Sam bácsi, és a hangja úgy remegett, mintha a teste tükröződött volna. "Bármit is akarnak, ne add meg nekik. Nem számít, mit tesznek velem, ne adjátok meg magatokat."

"Ha bántod - mondta E-Z -, én, én..."

"Mondd meg, hol vagy, hol vannak mindannyian, és elengedjük" - énekelték együtt olyan hangon, ami Hádészban sem tűnt volna helytelennek.

"Csak egy nyomra van szükségünk, vagy kettőre" - mondta a második.

"Tájékoztasson minket, hogy ki kicsoda" - mondta az első.

"Vagy eltüntetjük a tudod, kit" - mondta a harmadik.

Aztán felnevettek. A hangjuk a fejében, úgy fájt. De ő csak álmodott. Fel kellett ébrednie - MOST.

"Ahhhhhhhhhhhhhhhhhhhhhhhhhhhhhhhhhhhhhhhh!" Sam bácsi kiáltott.

Újabb nevetés.

E-Z felébredt, és gyorsan rájött, hogy Ausztráliában van Lachie-vel, nem pedig otthon a saját ágyában. Megnézte a telefonját, de csak egy sáv volt nála. Addig ellenőrizte, amíg nem volt elég sávja, hogy felhívhassa Sam bácsit. Hogy megbizonyosodjon róla, hogy jól van. Hogy ez csak egy rémálom volt, és semmi több.

A faház alatt hallotta, hogy Lachie mozog. Valószínűleg reggelit készített. Jó volt látni a fiatalember életét. Hogyan rakta össze magát újra azok után, amin keresztülment. Az emberek figyelemre méltóak voltak.

Bármit is főzött Lachie, jó illata volt, és az első gondolata az volt, hogy azonnal odarepül, és elmeséli neki a rémálmát. De valami az elméje mélyén azt súgta neki, hogy tartsa meg magának - egyelőre. Elvégre a Fúriák nem tudhatták, hol lakik. Hogy hol éltek mindannyian. Újra megnézte a telefonján a sávokat - ezúttal egyetlen sávot sem. Belegyömöszölte a zsebébe, és lerepült.

"Jól aludtál?" Lachie kérdezte, miközben a tűz fölött álló fazékból folyadékot kanalazott egy tálba.

E-Z elfogadta. "Volt egy furcsa álmom, de egyébként igen. Nagyon szép odafent. Köszönöm, hogy ilyen előzékeny voltál."

"Semmi gond. Sok szellem van itt kint. És ismeretlen hangok számodra. Ha szeretnél beszélgetni az álomról, nyugodtan" - mondta Lachie.

"Talán később."

"Oké, menj csak, és áss bele. Remélem, szereted a gombát."

"Imádom" - mondta E-Z, miközben egy nagy adagot kanalazott a szájába a forró, gőzölgő levesből. "Nagyon finom."

"Ó, várj egy percet, elfelejtettem a damasztot - az kenyér." Kinyitott néhány alufóliát, ami a tűzrakóhely közepén volt, és négyfelé tépte, az első részt E-Z-nek adta.

"Ez a legjobb kenyér, amit valaha ettem! Hogy tanultál meg így sütni?"

"Néhány helybéli tanított meg. Örülök, hogy ízlik."

Csendben ültek, miközben a nap magasan az égből rájuk mosolygott. E-Z igyekezett nem gondolni a rémálmára. Kihúzta a zsebéből a telefont, és újra ellenőrizte a sávokat. Épphogy csak egyet. Szerette a technológiát - ha működött.

"Most, hogy tele van a hasad, beszéljünk arról, miért vagy itt - mondta Lachie. "Legfőképpen arról, hogy miben lehetek segítségedre."

E-Z nem szólalt meg, helyette reménykedő szívvel pillantott ismét a telefonjára. Lachie-t látszólag nem zavarta, mert letépett egy újabb darab damilt. Végül összeszedte magát, és figyelmét a tárgyra összpontosította.

"Bocsánat, a gondolataim millió mérföldre jártak."

"Semmi gond. Kérsz még damilt?"

"Nem, nem kérek. Szóval, először is szeretném tudni, mit mondott neked Rosalie rólunk hármunkról. Mármint Alfrédról, Liáról és rólam."

"Igen, mindent elmondott rólatok hármótokról. Olyan volt, mintha itt lett volna velem, és esti mesét mesélt volna. Minél többet mondott, annál jobban akartam találkozni veletek, segíteni nektek."

"Örömmel hallom, hogy szeretnél segíteni. De előbb hadd ismertessem a részleteket, mielőtt elköteleznéd magad. Nem lesz könnyű út előttünk, egyikünk számára sem."

"Nem félek a kihívástól" - mondta Lachie. "Mit mondott rólam Rosalie?"

"Hogy őszinte legyek, nem sokat mondott, de olvastam rólad a neten. Kiderítetted már, mi történt a szüleiddel?"

"Nem, és nem is akarom. Boldog vagyok itt, önellátó. Nincs szükségem senkire."

"Mindenkinek szüksége van barátokra" - mondta E-Z.

"Talán."

"Rosalie mesélt neked a Fúriákról?"

"Nem, de azt mondta, hogy egy nap majd hívni fogsz, amikor szükséged lesz a segítségemre a gonosz elleni harcban. És megemlítette a Fúriákat - akikről már hallottam."

"Tényleg? Mit hallottál?" E-Z érdeklődött.

"Az őslakosok, akiktől minden alkalommal, amikor velük vagyok, valami újat tanulok, mindent tudnak a Fúriákról. Célba vették az eredetieket, megpróbálják megbüntetni őket, és kiszorítják őket a földjeikről."

"Lachie felállt, vizet öntött a tűzre, és meggyőződött róla, hogy teljesen kialudt.

"Én a magam részéről hiszek abban, hogy a gonosznak léteznie kell ahhoz, hogy a jó fennmaradhasson - de kell lennie valamiféle kódexnek - és ők nem követnek kódexet. Bármit tesznek, azt csak a saját önfenntartásukért teszik, és így nem lehet élni."

"Ezek bölcs szavak, egy ilyen korú gyerektől, mint te - mondta E-Z. Miután kimondta, kissé zavarban érezte magát, mintha túlságosan is bölcsnek akarná mutatni magát, mivel ő az idősebb a kettő közül. "Azt hiszem, talán hét vagy nyolc éves lehetsz, igazam van?"

"Azt hiszem, igen, de ami a valódi koromat illeti, nem vagyok benne biztos. Amikor megtaláltak, nem találtak semmilyen dokumentumot, ami ezt bizonyítaná. Gondolom, ha a hangom kezd megváltozni, akkor majd jobban meg tudom állapítani." Nevetett.

"Addig is választhatsz magadnak életkort" - javasolta E-Z.

"Ahogy én is megválasztottam a nevemet" - mondta Lachie. "Mindegy, bármiben benne vagyok, amihez szükséged van rám."

"Ami a Fúriákkal történik, az az, hogy az internetet használják. Ismered az internetet, ugye?"

"Igen. A könyvtárban van wi-fi. Szeretek olvasni. A mitológia nagyon király. A sci-fi is."

"A fúriák online multiplayer játékokat használnak, hogy csapdába csalják a gyerekeket. A legtöbb gyerek játszik, én is" - mondta E-Z.

"A játékok időpocsékolók" - mondta Lachie. "Ezt tanították nekem az őslakos tanárok. Az élet túl rövid ahhoz, hogy céltalan szórakozással pazaroljuk el."

"A játékokat azonban mindenki szereti" - mondta E-Z. "Világméretű számadatokat tudnék mondani, de a lényeg az, hogy a Fúriák kihasználják ezt a jelenséget. Mintha minden gyerek, aki játszik, hozzáférést biztosított volna nekik a szívükhöz és az elméjükhöz."

"Hogyhogy?"

"Ahhoz, hogy szintet lépj a játékon belül, teljesítened kell egy feladatlistát. Ez az egyetlen módja annak, hogy előre lépj a játékban. Ha nem tennéd meg, amit kérnek tőled, nem lenne értelme játszani a játékot. Pedig amit sokszor kérnek tőled, az a való életben törvénybe ütközik".

"Törvényellenes! Mint például?" Lachie megkérdezte.

"Mint például a gyilkolás."

Lachie megrázta a fejét.

"Ez egy játék, tehát azt teszed, amit tenned kell, hogy eljuss a következő szintre."

"Oké, azt hiszem, már értem. A fúriák megbízatása az volt, hogy megbüntessék azokat, akik bűnöket követtek el, és büntetlenül maradtak. Ők kiforgatják ezt a megbízatást, hogy egy képzeletbeli játékot játszó gyerekeket bántsanak."

"Így van, Lachie. Pontosan. És amikor a gyerekek meghalnak, ellopják a lelküket."

"Minek?"

"Hallottál már a Lélekfogókról?"

"Nem", mondta Lachie.

"Amikor meghalsz, a lelkednek van egy örök nyugvóhelye. Lélekfogónak hívják. De ezek a gyerekek nem arra valók, hogy meghaljanak, amikor a Fúriák elviszik őket, így nem vár rájuk Lélekfogó."

"Honnan tudod ezeket a dolgokat?" Lachie megkérdezte.

"Az arkangyalok nemcsak elmondták, hanem meg is mutatták. Néhányszor voltam a Lélekfogómban. Ők idéztek oda. Azt sem tudtam, hogy hívják, amíg ez az egész elő nem került. Ez nem olyasmi, amivel az embereknek foglalkozniuk kellene. A legtöbben azt hiszik, hogy a mennybe vagy a pokolba jutunk."

"Ha a te lélekfogód készen állt, és te még csak egy gyerek vagy, akkor az övék miért nem áll készen?"

"Jó kérdés. Olyan, amire korábban nem gondoltam. Azt hiszem, feltételeztem, hogy különleges körülmény vagyok" - mondta E-Z. "De azt tudom, hogy az arkangyalok valamit elcsesztek. Valamit, amiről nem akarnak beszélni. Talán ezért van szükségük a segítségünkre, hogy helyrehozzák ezt a dolgot."

"De mégis hogyan csinálják? Ezt nem értem."

"Meghamisították a szabályokat, remélve, hogy átvehetik az irányítást az összes Lélekfogó felett. Amikor meghalunk, a lelkünknek egy olyanba kellene kerülnie, ami vár ránk, amikor meghalunk. Nem úgy tervezték, hogy átvihetőek legyenek. Ha az összeset ők irányítják, akkor minden léleknek nem lesz hová mennie. Ez káoszba taszítja a túlvilágot. Szóval, most, hogy mindent hallottál - benne vagy még?"

"Igen, határozottan. Különben is, nincs jobb dolgom itt kint. Érdekes kaland leszek."

"Hogy száz százalékig őszinte legyek - mondta E-Z -, nem lesz könnyű. És az életed is kockára teszed majd a többiekkel együtt. De támogatni fogjuk egymást.

"Győzni fogunk!"

"Nagyon remélem, de előbb ki kell találnunk, hogyan jutunk el oda. Sam bácsi tartogat nekünk néhány repülőjegyet. Csak annyit kell tennünk, hogy felvesszük őket a legközelebbi nemzetközi repülőtéren. Ő lefoglalta őket."

"Nem szükséges!" Lachie azt mondta. "Van saját közlekedési eszközöm." Két ujját a szájába dugta, és füttyentett.

Néhány percig nem történt semmi.

"R---R---R---R---RRRRRRRRRRRRRRRRRRRRRRRRRRRR."

"Mi-mi volt ez?" E-Z kérdezte.

Lachie nagyon mozdulatlanul állt, miközben a fák suttogva mozogtak és mozogtak.

Ezután E-Z szárnycsapkodást hallott. A hangokból ítélve, bármi is jött, óriási szárnyai voltak.

Aztán a lény áttört a fák lombjai között. A Harry Potter-filmek bármelyikében is megállta volna a helyét.

"Ez egy sárkány?" Érdeklődött E-Z.

"Ez egy Aussiedraco" - mondta Lachie. "Más néven pteroszaurusz, szóval helyi." A sárkánynak azt mondta: "Jó napot, haver", és elindult, hogy üdvözölje. A hatalmas pikkelyes lény lehajtotta a fejét. Lachie megsimogatta, majd felugrott a hátára.

"Gyere E-Z, mire vársz még?"

"Ööö, van saját szállítóeszközöm."

Lachie hátravetette a fejét, és felnevetett.

"HAR-HAR-R-R-R-R-R!"

A lény csatlakozott hozzá.

"A neve Baby" - mondta Lachie. "Ugorj fel, mert Baby el akar vinni téged egy körre, és amit Baby akar, azt Baby meg is kapja."

"De a székem!"

Baby kinyújtotta hosszú nyakát, felkapta E-Z-t. Szék nélkül a hátára dobta. E-Z belekapaszkodott Lachie-be, miközben Baby a levegőbe ugrott.

"Vigyázz a fákra!" Kiáltott fel E-Z.

Lachie és Baby nevetett.

Elrepültek, mérföldeken át a vörös homok felett.

Hamarosan E-Z már nem félt.

Több sziklaalakzat fölött repültek el, az egyik olyan volt, mintha Homer Simpson feküdt volna. Aztán meglátták az Ulurut, a hatalmas vörös monolitot.

Az egész napot azzal töltötték, hogy átrepültek Ausztrália felett, és gyönyörködtek a látnivalókban.

"Jobb, ha visszamegyünk - mondta Lachie. "Szükségünk van egy kiadós alvásra, mielőtt elindulunk Észak-Amerikába, és találkozunk a csapat többi tagjával."

"Jól hangzik" - mondta E-Z, aki most már egyre jobban élvezte az utazást, és azt kívánta, bárcsak soha ne érne véget. Nem fog lezuhanni, voltak szárnyai, ha kellett - de egy dolgot biztosan tudott, a Babyvel repülni az élet.

Csak azon tűnődött, hol fogja tartani, ha újra hazaérnek. A sárkány túl nagy volt ahhoz, hogy beférjen a garázsba. Majd megoldja ezt a problémát, ha majd átmegy azon a hídon. Talán ha ő és Kis Dorrit összebarátkoznának, akkor együtt aludhatnának?

"Ne aggódj miattam - mondta Baby.

E-Z kétszer is megnézte magát.

"Uh, igen, tudok gondolatolvasni. Nem mindig és nem mindenkiét" - mondta Baby. "Majd én megoldom a saját alvási rendemet. Ami pedig a Kis Dorritot illeti, nos, az egyszarvúak és a sárkányok általában nem jönnek ki egymással - de hajlandó lennék megpróbálni."

Baby kitette őket, és elrepült az éjszakába.

E-Z-nek eszébe jutott Samu bácsi, de túl fáradt volt ahhoz, hogy bármit is tegyen. Reggel majd felhívta. Természetesen minden rendben lesz.

4. FEJEZET
OZ ELINDULÁS

MÁSNAP REGGEL, MIKÖZBEN E-Z és Lachie az utazásra készültek, beszélgettek és jobban megismerték egymást.

"Fel kell töltenem a telefonomat, és fel kell hívnom Sam bácsit. Mindkettőt szeretném megtenni, mielőtt elhagynánk Ausztráliát."

"Semmi gond, mivel én is szeretnék felvenni néhány készletet. Mindent megtehetünk egyszerre is. Én bevásárolok, te feltöltheted a telefonodat, és felhívhatod a nagybátyádat. Van valami, amiről tudnom kellene?"

"Csak egy furcsa álmom volt. Arra késztet, hogy megnézzem, hogy ne aggódjak feleslegesen."

"Rendben van" - mondta Lachie, miközben elpakolt néhány főzési eszközt, hogy biztonságban legyenek, amíg vissza nem tér. "Biztosan hiányozni fog ez a hely."

"Tudom, és a barátaid is, de újakat fogsz szerezni, és mindenki otthon fogja érezni magad. Ráadásul hamarabb visszaérsz, mint gondolnád."

"Ez az, ami aggaszt engem. Mi van, ha nem akarok visszajönni? Mi lesz, ha megszokom, hogy emberek vannak körülöttem? Hogy kényeztetnek a kényelemmel?" Szünetet tartott, amikor két szarka szállt le, egy-egy a vállára. A madarak könnyedén csipkedték a fülét, mintha suttogtak volna neki. Lachie elmosolyodott, és elrepültek.

"Mit mondtak?" E-Z kérdezte.

"Ööö, igazából semmit. Csak azt mondták, hogy szeretnek, és hiányozni fogok nekik." Egy holló repült le és szállt le a vállára. "Ő a társam, Erroll."

"Örülök, hogy megismerhetlek, Erroll" - mondta E-Z. "Ööö, hogy lettetek ti ketten barátok?"

Lachie felnevetett. "Vicces, hogy ezt kérdezed. Errollék már rendkívül régóta itt vannak. Valójában a nagyapja, sokadszorra is háziállata volt valakinek, aki talán a te távoli rokonod. Már ha Charles Dickens rokona vagy?"

E-Z előrehajolt, és bólintott. Lachie most már határozottan teljes figyelmét élvezte.

"Charles Dickensnek volt egy háziállatként tartott hollója, akit Gripnek hívtak. Az éveken át mesélt történetek szerint Grip volt az, aki Edgar Allan Poe-t a leghíresebb versének, A holló címűnek megírására inspirálta."

"Hű, ez nagyon király!" E-Z felkiáltott.

"A madarak szuper intelligensek. Akárcsak az őslakos öregek, akik a szárnyaik alá vettek, amikor először érkeztem a hátországba. Megtanítottak írni és olvasni, ételt készíteni. Arra is megtanítottak, hogyan ismerjem fel és kerüljem el a mérgező növény- és állatvilágot.

"Minden nap tanulok valamit azoktól a teremtményektől, akikkel találkozom és beszélek. Azt mondják, hogy régen mindenki tudott beszélni az állatokkal - nem csak én -, de valami megváltozott. Szerintük ez az agyunkban történt, de ami mindenki mással történt, velem nem történt meg."

"Honnan tudták, hogy te más vagy?"

"Azt mondják, hallottak rólam, amikor megszülettem, és amikor a fiú lettem a dobozban. Még mielőtt megszülettem volna, a rólam szóló pletykák suttogva járták be a világot. Már régóta vártak rám, ezt mondták nekem."

"Mióta?" E-Z érdeklődött.

"Nem akarok nagyképűnek tűnni, de azt mondják, Mozart tudott rólam - volt egy háziállat sztaréja, és a 17. században élt. Az már újabb keletű. Előtte Vergiliusig lehet visszavezetni, Kr. e. 70-ig. Tudtad, hogy volt egy háziállat légye is?"

"Tényleg? Egy légy - egy háziállat?"

"Beszéltem egy bokorlegyessel, aki Vergilius rokona volt - a neve Leonard, vagy röviden Leo volt, és ő mindent megerősített." Lachie felkapott egy edényt, és elrejtette a bokrok közé, néhány más dologgal együtt. "Andrew Jackson papagáj rokonával is beszélgettem. Jackson madarát Polnak hívták - a feleségének ajándékozta -, és hím volt, de mivel a rokona nőstény volt, a neve Polly volt. Furcsa humorérzéke volt!"

"Úgy hangzik. Uh, remélem, tudunk még beszélgetni, de meg kell kérdeznem a különleges képességeidről - és hamarosan indulnunk kellene, már ha mindent biztonságban elraktál."

Lachie bólintott: "Hogyne. Majdnem kész. Csak még néhány dolgot kell biztosítanom. Addig is, miért nem mesélsz először magadról?".

"Nos, már láttál engem és a székemet akcióban - igen, tudunk repülni. A székemnek különleges képességei vannak, a repülésen kívül bűnözőket is el tud fogni, és a vér ízét is megízleli. Egy párt alkotunk, a székem és én, mint Batman és a Batmobilja."

"Király!" mondta Lachie. "De ez a vér dolog elég furcsa."

"Ne pazarolj, ne akarj, nem tudom, ki mondta ezt, de úgy tűnik, a székem egyetért. Ahelyett, hogy hagyná a földbe csöpögni, felszívja.

"Az első mentésünk egy kislány volt - megmentettük attól, hogy elütötte egy jármű. Aztán megmentettünk egy repülőgépet, tele utasokkal. Nem akarok hencegni, és biztos vagyok benne, hogy érti a lényeget. Azáltal, hogy másokon segítettem, rájöttem, hogy most már szupererős vagyok, és a székem is az. Ja, és golyóállóvá váltunk."

"Úgy érted, hogy az emberek rátok lőttek?"

"Igen, volt néhány helyzetünk, amiben fegyverek is szerepet játszottak. Most te jössz."

A legelképesztőbb képességem, ahogy már láttad - bármilyen lénnyel tudok beszélni, bármilyenekkel. Valójában tegnap, amikor azt hitted, hogy Bébivel beszélsz, nos, valahogy így is volt, de ha én nem lennék itt, ő halandzsát beszélne. Ő kommunikál veled, rajtam keresztül. Olyan vagyok, mint egy hálózat, egy biztonsági hálózat. Lezárhatom vagy kinyithatom, attól függően, hogy én mit döntök.

"Amikor abban a ketrecben voltam, az állatok kint ültek és fecsegtek. Néha azt hittem, hogy kommunikálnak velem, de aztán azt gondoltam, hogy talán megőrültem. Egyszer egy csótány berepült a ketrec rácsain keresztül, és azt mondta, hogy segíthet kijutni, ha akarom.

"Fúj, utálom a csótányokat. Repülő csótányokról viszont még sosem hallottam."

"Valójában elég okosak, és óriási túlélési ösztönük van - úgy értem, bármit megesznek."

"Kár, hogy nem azokat ették meg, akik téged abba a dobozba tettek." E-Z elgondolkodott egy pillanatra. "Miért nem hagytad, hogy megpróbáljon megmenteni téged? Úgy értem, nem volt vesztenivalód."

"Hogy is van az a régi mondás, hogy jobb, ha az ördögöt ismered?"

"Értem én, tehát nem féltél azoktól, akik fogva tartottak?"

"Az nem is igazán egy doboz volt - hanem egy ketrec. De jobban hangzik, ha doboznak hívják. Különben is, soha nem bántottak. Etettek és itattak. Kicserélték az újságot. És igazából sosem láttam, hogy kik voltak, mivel maszkot viseltek."

"Nem értem, miért tartottak ott téged egyáltalán."

"Azt hiszem, ezt soha nem fogom megtudni. És nem lógtam ott, hogy válaszokat kapjak, miután kiengedtek."

"És hogy történt?"

"Felállítottak nekem egy szobát ugyanabban a házban. Küldtek egy kedves hölgyet, hogy vigyázzon rám. Soha nem mentem ki a házból. Túl ijesztő volt számomra."

"Tudtál beszélni? Úgy értem, ha örökké ketrecben voltál, akkor vannak emlékeid azelőttről? A szüleidről?"

"Nem szeretek erről beszélni. A múlt az a múlt. Nem tudom megváltoztatni. Én mindig előre tekintek. De nem ketrecben születtem. Néha azt hiszem, emlékszem, hogy iskolába jártam. De lehet, hogy csak álom volt. Néha nehéz különbséget tenni a kettő között."

E-Z emlékeztette magát, hogy felhívja Sam bácsit.

"Szóval, hogy kerültél ide, hogy állatokkal élsz, és száz százalékig önállósultál? Gondolom, nem hiányoznak az emberek?"

"Nem hiányozhat, amire nem emlékszel. Ami az állatokat illeti, nem én választottam őket, hanem ők választottak engem. Eljöttek a házhoz, mintha tudták volna, hogy már nem vagyok a ketrecben, és várták, hogy kijöjjek. Ők már tudták, hogy tudok velük beszélni, megértem őket - de én nem tudtam, hogy képes vagyok rá, amíg meg nem próbáltam. Akkor egy egész világ nyílt meg előttem, és nekem is részese kellett lennem. Nem voltam többé egyedül. Ekkor felajánlották, hogy elvisznek és biztonságban tartanak. Most már naprakész vagy a Lachie-sztorival kapcsolatban."

"Ez egy csodálatos történet. Szóval, állatokkal beszélgetni. Van még valami, amit felfedeztél?"

"Nos, igen. De ez még elég új."

"Mesélj róla."

"Jobb, ha megmutatom."

"Oké", mondta E-Z.

Figyelte, ahogy Lachie feláll, és egy közeli eukaliptuszfa felé sétál. Egy pillanatig még a fa mellett állt, aztán előrelépett, hogy a fa vastag, időjárás által megkopott törzse előtt álljon. Aztán eltűnt.

"Mi a fene?"

Lachie a fa másik oldalára lépett, majd ismét a törzsnek támaszkodva hátrált.

"Ó, szóval láthatatlan vagy?"

"Nem, nézd meg közelebbről." Ellépett a fától. "Figyeld tovább a szememet."

E-Z így tett, és látta Lachie szemét a fa törzsében, de Lachie-t nem látta. "Várj egy percet" - mondta E-Z. "Már értem. Ez álcázás - kaméleon vagy. Hűha!"

Lachie felnevetett, majd visszatért a helyére.

"Hogyan fedezted fel? Ez egy igazán klassz képesség. Gyakorlatilag bárhová be tudsz olvadni, és senki sem fogja észrevenni!"

"Miután egy ideig a lényekkel éltem - nem láttam embereket -, egy nap egy csapat kiránduló jött erre. Rohantam, hogy felmásszak egy fára és elrejtőzzek, de nem volt elég időm - így csak megálltam egy fatörzsnek támaszkodva és mozdulatlanul maradtam. Elsétáltak mellettem, mintha nem is léteztem volna. Nem tudtam rájönni. Egy madár szállt a vállamra, és egy kígyó kúszott fel a lábamon. Ők láttak engem, de az emberek nem. Ekkor tudtam meg, hogy kaméleon vagyok."

"Milyen érzés? Mármint amikor álcázó üzemmódba kapcsolsz?"

"Nem érzem, hogy bármiben is más lenne. Csak úgy megtörténik."

"Király. Nos, kíváncsi vagy a csapat többi tagjára, és arra, hogy milyen képességekkel rendelkeznek?"

Lachie bólintott.

"Lia tetszeni fog neked. Ő látó. A szeme a kezében van, és látja a jelent, néhány ember elméjébe, és néha a jövőbe is bepillanthat, hogy mi fog történni. Úgy tűnik, hogy az erejének ez a része egyre növekszik. Persze, ott van a kora is. Amikor először találkoztunk, hét éves volt, most pedig már tizenkettő."

"Ez nagyon király - mondta Lachie. "És úgy hallottam, hogy az anyja és a te Sam bácsikád..."

"Nem bánod, ha indulunk? Már Sam nevének hallatán megint megnő a szorongásom."

"Ne aggódj", mondta Lachie. Füttyentett, Baby megérkezett, és elrepültek a legközelebbi városba, ahol Lachie összeszedett néhány dolgot, E-Z bedugta a telefonját a töltőbe, és amikor már eléggé fel volt töltve, azonnal felhívta Sam számát.

Nem volt válasz, helyette a hívás egyenesen Sam hangpostájára ment. Próbálta Samantha telefonját, és ő rögtön felvette. "Szia, E-Z vagyok, Sam bácsi elérhető?"

"Persze E-Z, egy pillanat." Némi suttogás. "Szia, kölyök" - mondta Sam. "Hol vagy most, repülsz már az óceán felett?"

"Ööö, csak ellenőrzöm, hogy minden rendben van-e veled" - mondta E-Z. "Ha igen, kérlek, mondd a kódszót."

"Spongyabob Kockanadrág" - mondta Sam bácsi.

"Ó, hála az égnek", mondta E-Z. "Furcsa álmom volt, hogy a Fúriák elkaptak téged."

"Á, átjött néhány barátunk, és épp most készülünk leülni, hogy belemártogassunk néhány dolgot a fondübe. Van csoki gyümölccsel, sajt és zöldség, sajt kenyérrel és hússal. Elég nagy a választék, és többféle borunk is van. Az ikrek már lefeküdtek éjszakára."

"Uh, ez úgy hangzik..."

"Mennem kell E-Z, hamarosan találkozunk. Vigyázz magadra."

"A nagybátyám jól van, és fondüt rendeznek - ez egy kis bulinak hangzik."

"Mi az a fondü?" Lachie megkérdezte.

"Az egy edény, amiben megolvasztasz valamit, aztán belemártogatod a többi dolgot. Például epret mártogatunk csokoládéba, vagy kenyérdarabkákat sajtba. És igazad van, most házasok, és nemrég születtek ikreik, úgyhogy eléggé tele van a ház és zajos."

"Ó, ez ínycsiklandóan hangzik" - mondta Lachie.

E-Z telefonja teljesen feltöltve, Lachie készletei biztonságosan elrejtve Baby hátán, a páros elrepült Ausztráliából. Útközben beszélgettek. Miután órákig nem láttak semmi érdekeset, és korgó gyomorral készültek leszállni, hogy étkezési és mosdószünetet tartsanak.

"Hamarosan úgyis le kell szállnunk, hogy ebédelhessünk - különben is, már így is éhen halok! És egyébként gratulálok!"

"Köszi! Megállhatunk Hawaiin sajtburgerre és sült krumplira" - javasolta E-Z.

"Nem is tudtam, hogy a hawaiiak a hamburgerekre és a sült krumplira specializálódtak."

"Ők az USA részei, szóval a sajtburger és a sült krumpli - nem is beszélve a vastag shake-ekről - kiváló hagyományos ételek, amiket kipróbálhatsz, és garantálom, hogy imádni fogod őket."

"Én nem eszem húst. A tehenek is emberek."

"Van valami vegetáriánus alapú, attól még sajtburger, és imádni fogod. Ó, ugye nincs kifogásod a tehéntej fogyasztása ellen?"

"Nem, nincs."

"Oké, szék és Baby - menjünk a legközelebbi sajtburgereshez, ahol vegetáriánus hamburgert is szolgálnak fel" - javasolta E-Z, miközben korgó gyomra jelezte, hogy megjött a kedve.

"Előre!" Lachlan kiáltott, miközben Baby megfelelő helyet keresett a leszálláshoz.

5. FEJEZET
BRANDY

Lia és egyszarvú útitársa, Little Dorrit, a felhők között repült.

Lia értékelte repülő társa kecses, de gyors mozgását. Együtt kitaláltak egy játékot, melynek neve Ugrás a felhőkön. Attól függően, hogy milyen típusú felhőről van szó, vagy átugranak fölötte, alatta vagy rajta keresztül. Az átugrás volt a legszórakoztatóbb.

"Imádom, amikor a felhőben vagyunk" - mondta Lia. "Kinyújtom a kezem, hogy megérintsem, de nincs ott semmi."

"Úgy tűnik, a lenti plázába megyünk" - mondta Kicsi Dorrit, mielőtt egy hármas ugrást hajtott végre, átugorva, majd átmászva alatta, majd ugyanazon a felhőn keresztül.

"Weeeeeeeee!" Lia felkiáltott.

"Köszönöm, köszönöm" - mondta az egyszarvú, miközben lefelé mutatott.

"Vásárlás, mi?" Mondta Lia, ahogy megnézte. Egy nagy bevásárlóközpont volt, majdnem egy háztömb hosszú. "Remélem, nem kell sok pénz, de anya odaadta a hitelkártyáját, ha esetleg szükségem lenne rá."

"Brandy az élelmiszerbolt folyosóján áll, és megtölt egy kosarat, hogy elüsse az időt. Jobb, ha sietünk, különben az anyja hamarosan keresni fogja" - mondta az egyszarvú.

"Ez nagyon király, hogy így be tudod mérni a tartózkodási helyét. Alig várom, hogy találkozzak vele, és többet megtudjak az erejéről" - mondta Lia, és átkarolta Kis Dorrit nyakát, hogy felkészüljön a leszállásra. "Mindig is szerettem volna egy nagytestvért, úgyhogy talán ez az egyetlen esélyem."

"Fütyülj, ha szükséged van rám" - mondta Kis Dorrit, miközben Lia leszállt a nyeregből - "és én itt találkozunk".

Lia belépett a bevásárlóközpontba a lengőajtókon keresztül. Rögtön meglátott egy lányt, akiről remélte, hogy Brandy, aki egy bevásárlókocsit tolt az élelmiszerboltban. Rosalie leírása alapján neki kellett lennie.

A lány lazán öltözött, szürke kapucnis pulóvert viselt. Részben be volt cipzározva, de eléggé nyitva ahhoz, hogy az alatta lévő I Love Music piros póló láthatóvá váljon. Fekete farmernadrágjának zsebein zenei matricák voltak. A vászoncipője a pólóhoz illően olvasható volt.

Lia néhány pillanatig figyelte a lányt, mielőtt odasétált volna hozzá. Kicsit megfélemlítve érezte magát. Mintha egy hírességgel találkozna. A fejében Brandyből áradt a stílus és a vagányság.

Ahogy Lia közelebb lépett hozzá, elképzelte, hogy egy nap majd a legjobb barátnők lesznek. Együtt mennek majd a plázába. Együtt vásárolnának ruhákat. Talán Brandy még abban is segítene neki, hogy új, amerikai ruhákat válasszon.

"Mit bámulsz, kölyök?" Brandy nem túl barátságos vagy testvéri hangon kérdezte. Aztán egy teljes lendülettel félresöpörte Lia kezét.

"Ez nagyon durva volt" - kiáltott fel Lia. "Senki nem tanított neked jó modort?" Hátat fordított a vagány lánynak. Visszatartotta a lélegzetét, elszámolt tízig, majd újra szembefordult vele. "Rosalie szégyellné magát miattad."

"Ismered Rosalie-t?"

"Igen, Lia vagyok, és nem látlak a szemem nélkül, ami a kezemben van." Lia ismét felemelte a karját.

"Hűha!" Brandy felkiáltott. "Azt hittem, hogy furcsa vagyok, de kölyök, mármint, ööö Lia, te aztán elviszed a pálmát." A zsebébe dugta a kezét. "De Rosalie minden barátja az én barátom is."

"Uh, köszi" - mondta Lia. "Elmehetnénk valahová, ahol beszélgethetünk?"

"Nem tudom megmondani, mi lenne bennünk a közös - Rosalie-n kívül -" - mondta a tinédzser, miközben továbblökte a kocsit, maga mögött hagyva Liát.

Lia visszavert egy zokogást, de sikerült kimondania a szavakat: "Szükségünk van a segítségedre, mert Rosalie meghalt".

Brandy megállt, és mély levegőt vett, miközben egy könnycsepp csordult végig az arcán, amit megfordult, és lesöpörte. "Gyere utánam, kölyök." Otthagyta a kocsit a benne lévő összes holmival együtt, és egy bódéhoz mentek, közvetlenül a bevásárlóközponton belül, ahol leültek.

"Egy pohár vizet kérek" - mondta Lia. "Jég nélkül kérem."

"Gyerünk kölyök, élj veszélyesen. Ő egy Root Beer Float-t kér - és legyen kettő." Miután a pincérnő elment: "Imádni fogod, ne aggódj. Most pedig mesélj többet arról, hogy miért vagy itt, és mondd el, mi történt azzal az édes hölgydel, Rosalie-val."

"Először is, mit mondott neked Rosalie rólam, rólunk?"

"Semmit. Tudtam, hogy ki ő, és tudtam, hogy vigyáz rám. Először azt hittem, hogy egy angyal, mert tudott beszélni hozzám a fejemben, mint amikor kisgyerekként imádkoztam. Aztán rájöttem, hogy ő egy igazi ember volt, pont olyan, mint én, és most meghalt. Szeretnék segíteni elkapni azokat, akik megölték - ha ezért vagy itt, akkor benne vagyok. Vicces, szerintem ő most egy angyal, aki még mindig vigyáz rám."

"Én is" - mondta Lia. "Pontosan."

"Szóval, hogyan történt?" Brandy megkérdezte. "Ha nem érzéketlen téma, hogy ezt kérdezem. Mindig úgy találom, hogy a legjobb, ha arról a furcsaságról beszélünk, ami azzá tesz minket, akik vagyunk. Ha van saját furcsaságom, hidd el. Mindenkinek van.

"Anyukám leszidna, ha ilyen személyes kérdést tennék fel. De én szeretek a lényegre térni. Mindig is volt szemed a kezeden? Azt hinném, hogy újságírók és fotósok üldöznek, az emberek beszélni akarnak veled, hallani és elmesélni a történetedet, hogy eladják a magazinokat és az újságokat."

"Ó - mondta Lia -, a legtöbb embert jobban érdeklik a híres kitalált karakterek, például Harry Potter, mint a valódi emberek. Ha Harry Potter valódi lenne, az emberek elkerülnék, vagy ugratnák. Az ő világában azonban ő volt a hős, így a sebhelye a története részévé vált. Emberibbé tette őt számunkra, így azonosulni tudtunk vele. De egyetlen gyerek sem akar kitűnni, mert ebben a világban nem mindig értékelik a másságot.

"Vicces, hogy mennyire tudunk azonosulni és empátiát érezni a kitalált karakterekkel, és nem ismerjük fel az igazi hősöket a mindennapi életünkben."

"Ó, tesó - mondta Brandy -, te aztán nem vagy semmi, ugye? Mintha egy húszéves kölyökkel beszélgetnék."

"Bocsánat" - mondta Lia. "Hétről tízre tizenkettőre nőttem, rövid idő alatt. Nem volt időm alkalmazkodni."

"Semmi baj" - mondta Brandy. "És ebben elvileg egyet is értenék veled, kölyök, de mióta a Reality Tv bekerült a képernyőre, minket a hétköznapi emberek élete érdekel. Vagyis az olyan hétköznapi, de gazdag embereké, mint a Kardashianoké. Én nem nézem, de emberek milliói igen."

Megérkeztek az italaik. Brandy először megette a cseresznyét a sajátja tetején, majd megkérdezte Liát, hogy kéri-e a sajátját. Amikor Lia nemet mondott, Brandy leemelte, és egyenesen a szájába pattintotta. "Igyál egy kortyot. Ha megkóstolod, biztosan ízleni fog."

Lia nagyot kortyolt a szívószálon keresztül, és az arca felragyogott. "Ez tényleg nagyon finom!" Aztán a szívószállal megkeverte a fagylaltot, miközben azon gondolkodott, mit is mondjon ezután.

"Ami engem illet, én úgy születtem, hogy a szemem jól működött. De egy baleset megvakított, és amikor felébredtem, ezek a szemeim voltak, és az is, amit látásnak hívnak. Látom, mit gondolnak az emberek, így kezdtünk el beszélgetni Rosalie-val. Az idő számomra nem olyan, mint mindenki másnak, de már egy ideje nem ugrottam át éveket. Emellett, ahogy telik az idő, néha látom, mi fog történni velem és másokkal, tudod, a jövőben."

"Tudtad, hogy Rosalie meg fog halni, mielőtt megtörtént volna?"

"Nem, nem tudtam. Ez jön és megy. Néha egyáltalán nem működik. Nem száz százalékig megbízható. Egyébként nem tudok olvasni a gondolataidban; ha esetleg érdekelne."

"Jó. Nagyon hátborzongató lenne tudni, hogy tudsz olvasni a gondolataimban" - mondta Brandy, és ivott egy hatalmas kortyot, ami a tartály aljára csapódott, és egy "ennyi volt, emberek" hangot adott ki. "Szívesen innék még egyet, de nem fogok" - mondta. "A legjobb, ha mértéket tartunk, mert ha állandóan olyan dolgokkal kényeztetjük magunkat - olyan dolgokkal, amikről azt hisszük, hogy igazán akarjuk -, akkor nem fogjuk annyira értékelni őket."

"Nagyon bölcs dolog" - mondta Lia. "Az enyémből a többit is megkaphatod, ha akarod."

"Kár lenne hagyni, hogy kárba vesszen."

A két lány egy darabig csendben maradt, amíg Brandy telefonja meg nem rezgett. "Anyukám hamarosan itt lesz, hogy csatlakozzon hozzánk."

"Honnan tudja, hogy hol vagyunk?"

"Oké, megvannak a módszerei, vagyis a telefonomon lévő nyomkövető."

"És nem bánod?"

Nem, eltűntem párszor, de mindig visszatértem a plázába. Legtöbbször, amikor elmegyek, fogalma sincs róla. Egészen addig, amíg fel nem hívom, és meg nem kérem, hogy jöjjön értem ide. Általában ez az első nyom, az SMS-em vagy a hívásom. Az alkalmazás megmenti őt attól, hogy aggódjon miattam. Gondolom, nem könnyű egy olyan lánynak lenni, aki képes meghalni és újra életre kelni."

Brandy édesanyja megérkezett, és bemutatkoztak egymásnak. Beavatták őt Rosalie és Lia történetébe, és tájékoztatták arról, amit eddig megbeszéltek.

"Mit terveztek ti ketten, lányok?" - kérdezte. "Úgy nézel ki, mintha valami rosszban sántikálnál."

"Csak a felesleges cukor" - mondta Brandy vigyorogva. "Lia épp most akarta elmondani, hogy mire van rám szükségük."

"Szóval, elmagyaráztad a te, visszatérő helyzetedet?"

"Röviden. Erre még nem tértem ki, anya, csak most mesélt a balesetről, és arról, hogy miért van a szeme a kezén."

A pincérnő odajött, és Brandy anyja rendelt egy kávét. Azonnal visszatért egy bögrével, amit megtöltött. "Az újratöltés ingyenes" - mondta a pincérnő. "Csak tartsa fel a bögrét, amikor kiürül, és mindjárt jövök, hogy újra töltsem."

"Köszönöm" - mondta Brandy anyukája.

"Szívesen meghallgatnám" - mondta Lia, és a füle mögé fésülte a haját. Imádta, ahogy Brandy és az anyja elbeszélgettek egymással. Borzasztóan közel álltak egymáshoz; látszott rajta, ahogy folyton megérintették egymást. A közelségükről eszébe jutottak azok az idők, amikor az anyja éjszakánként és hétvégenként dolgozott, és mindenben Hannah-ra, a dadusára kellett támaszkodnia. Most, hogy itt voltak, és az anyja hozzáment Samhez, más volt a helyzet, de az biztos, hogy az új babák nagyon sok időt elvettek az anyjától.

Brandy kibökte: - Amikor először meghaltam, még kicsi voltam. Ebben a bevásárlóközpontban történt. Az egyik percben halott voltam, a következőben megint éltem. Ahogy már mondtam, mindig itt kötök ki. Ennyire szeretem ezt a plázát."

"Ez vicces" - mondta Lia.

"Tényleg imádok vásárolni!"

"Azt bizony!" Brandy anyja azt mondta, miközben a lánya visszahívta a pincérnőt, és egy pohár jeges vizet kért.

"Legyen inkább két pohár víz" - mondta Lia.

Mivel már ott volt, a pincérnő újratöltötte Brandy édesanyja kávéscsészéjét.

Lia úgy érezte, most vagy soha - a lényegre kell térnie. Későre járt, és Kis Dorrit már várt.

"E-Z, aki a vezetőnk, kerekesszékben ül, és képes embereket megmenteni, még az utasokkal teli repülőgépeket is. Szuper ereje és sebessége van, és neki és a kerekesszékének is vannak szárnyai.

"Alfréd egy trombitahattyú, és van ESP-je, ráadásul képes embereket és lényeket újra életre kelteni. Veled együtt még két gyerekkel bővül a csapat, plusz E-Z unokatestvérével, Charlesszal - így összesen heten leszünk."

"Á, szerencsés hét" - mondta Brandy anyja.

Lia folytatta: "Miután mindent hallottál, ha beleegyezel, hogy segítesz nekünk harcolni a Fúriák ellen, az életed veszélyben lesz. Ők három gonosz nővér - istennők -, akik megölték Rosalie-t."

"Gonoszak, mi? Rosalie megölése gyáva tett volt! Egy légynek sem ártott volna!" Brandy azt mondta.

"Ez az információ nyilvános?" Brandy anyja érdeklődött. "Az egész úgy hangzik, mintha kitaláció lenne."

"Miért tették ezt?" Brandy megkérdezte. "Mit kapnak azért, ha megölnek egy olyan kedves öregasszonyt, mint Rosalie?"

"Gyerekeket használnak fel. Gyerekeket ölnek" - mondta Lia.

Brandy és az anyja is abbahagyta az ivást.

"Nehéz elmagyarázni, de megpróbálom, amit tudok. Amikor meghalunk, a Lelkünk a várakozó Lélekfogókhoz kerül - az örök nyugvóhelyünkre. Mindegyikünknek megvan a saját, egyedi Lélekfogója - így soha nem halhatunk meg. A lelkünk tovább él. Ez nem az a mennyország, amit elképzeltünk, de valóságos, és a Fúriák ártatlan gyermekeket ölnek - és más emberekhez tartozó Lélekfogókba helyezik őket.

"Valójában, amikor Rosalie meghalt, nem volt hová mennie a lelkének. Szerencsére a barátaink, Hadz és Reiki - ők leendő angyalok - képesek voltak befogni Rosalie lelkét. Ők őrzik biztonságban, amíg ki nem iktatjuk a Fúriákat, és újra helyre nem állítjuk a dolgokat az összes Lélekfogóval. Amint kiiktatjuk őket, az arkangyalok átveszik az irányítást, és helyrehozzák a rendetlenséget, amit ők okoztak. Minden visszatér a normális kerékvágásba."

"Azt hittem, az arkangyalok rosszfiúk" - mondta Brandy. "Honnan tudjuk, hogy megbízhatunk bennük? És miért akarunk segíteni nekik?"

"Ez nagyon nagy kérés tőletek, gyerekek" - mondta Brandy anyja.

"Ez egy nagyon hosszú történet. Amit majd idővel elmesélhetünk nektek. De most vissza kell mennünk a főhadiszállásra. Az a mi házunk. Ha egyszer mindannyian egy fedél alatt leszünk, mindent elmagyarázhatunk, és kitalálhatunk egy tervet."

"Benne vagyok" - mondta Brandy. "Már akkor megfogtál, amikor azt mondtad, hogy megölték Rosalie-t, de most már tudom, hogy ártatlan gyerekeket is megöltek, nos, hadd menjek rájuk." Felemelte a poharát, és koccintott Liával.

"Várj - mondta Brandy anyja -, ha az arkangyalok nem tudják legyőzni ezt a valamit, akkor hogyan várhatják el tőletek, gyerekek...".

"Anya" - veregette meg Brandy a kezét. "Én nem vagyok olyan, mint a többi gyerek. Úgy hangzik, mintha egy csapat kívülálló lennénk, különleges képességekkel, és én jól beilleszkedem. Nem meglepő, hogy az arkangyalok megkértek minket, hogy segítsünk nekik.

"Rosalie hozott össze minket, hogy egy csapatot alkossunk. Ha itt lenne, velünk lenne a csapatban. Most lélekben velünk van. Együtt olyan erő leszünk, amivel számolni kell.

"Emellett gondoskodnunk kell arról, hogy Rosalie visszakapja örök nyugvóhelyét. Minden okkal történik, nem te vagy az, aki mindig ezt mondja?"

"Szóval, mi történik ezután?" - kérdezte az anyja.

"Együtt kell lennünk, és E-Z háza elég nagy mindannyiunknak. A többiek és Charles Dickens - hosszú történet - ott találkozunk majd velünk".

"Csak nem AZ a Charles Dickens?"

"Az egyetlen, de ő még csak tízéves. Megérkezett, és két detektív fedezte fel Londonban, Angliában. Okkal küldték vissza a Földre. Azon kívül, hogy ő és

E-Z unokatestvérek. Ő egy közülünk. Együtt fogjuk legyőzni azokat a nővéreket, és újra helyreállítjuk a világot."

"Gyerünk!" Brandy azt mondta. "Anyu a kocsiban tartja a hátizsákomat, és benne van minden szükséges. Mindig van egy táskám, csak a biztonság kedvéért. Már jó párszor jól jött. Gondolom, a házban van mosó- és szárítógép? Ó, és hajszárító?"

"Igen, igen és igen" - mondta Lia, majd füttyentett.

Brandy és az anyja befogta a fülét. "Ez meg mire volt jó?"

"Gyere ki, és bemutatom neked a barátomat, Kis Dorritot - ő egy unikornis -, és közben összeszedheted a táskádat." Kisétáltak az ajtón, és a lány az égre mutatott, ahol az egyszarvú éppen leszállni készült.

"Várjunk csak - mondta Brandy -, egy egyszarvún fogunk átlovagolni az országon?"

Brandy anyja a homlokát ráncolta. Elájult, és a lábai olyanok lettek, mint a túlfőtt spagetti.

"Gyere ide, és simogasd meg" - mondta Lia. "Kis Dorrit, ő Brandy és az anyukája."

"Szép és puha a bundája" - mondta Brandy anyja.

"Elvigyelek a kocsidhoz?" Kis Dorrit megkérdezte.

"Nem, köszönöm" - mondta Brandy anyukája. Aztán a lányának: "Nem tudom, hogyan fogom ezt megmagyarázni apádnak. Talán haza kéne jönnötök velem, és együtt elmagyarázzuk, és eldöntjük, hogy mehetsz-e...".

"Mennem kell" - mondta Brandy. "Ez a végzetem." Megölelte az anyját.

"Segítene, ha beszélnél az anyukámmal?" Lia megkérdezte, és anélkül, hogy megvárta volna a választ, gyorshívta a nőt, elmagyarázta a helyzetet, majd átadta a telefonját Brandy anyjának, aki csevegett Samanthával, majd visszaadta a telefont.

A következő pillanatban már hárman repültek a parkolóban, a kocsit keresve, miközben az emberek odalent dudáltak, fotóztak a telefonjukkal, és egymásba botlottak az autókkal és a kocsikkal.

"Ott van - mondta Brandy édesanyja.

A kis Dorrit leszállt, és lecsúszott. "Várj itt, én meg hozom a lányom táskáját."

Visszatért, feldobta Brandy elé. "Köszönöm a fuvart" - mondta Kis Dorritnak. Brandynek azt mondta: "Brandy telefonálj haza. Naponta. Mint E.T." Adott neki egy puszit. Aztán Liának: "Örültem a találkozásnak."

"Én is" - mondta Lia, miközben Kis Dorrit felemelkedett a földről. "Ne aggódj, mi majd vigyázunk a lányodra."

Brandy anyja nézte, ahogy elrepülnek, amíg már nem látta őket. Addigra a kíváncsi parkolók már mind találtak valami mást, amit megnézhettek, ezért beült a kocsijába, és elindult hazafelé.

A hosszú úton ment hazafelé. Át kellett gondolnia, hogyan fogja mindezt megmagyarázni Brandy apjának.

6. FEJEZET

HARUTO

A LFRÉD A KÁVÉZÓ ELŐTT várakozott, amíg a tulajdonos, aki új vendéget várt. Haruto nagymamája elfelejtette megemlíteni, hogy a vendég egy trombitás hattyú volt. Amikor a tulajdonos meglátta Alfrédot, egy asztalhoz vezette, e gészen hátra.

Alfréd nem bánta, hogy nem volt útban. Sőt, jobban is tetszett neki, mivel ott volt egy tábla, amely azt jelezte, hogy háziállatokat nem lehet tartani - nem mintha a hattyúkat háziállatnak tekintették volna Japánban vagy bárhol máshol a világon, amiről tudott.

Miközben csendben ült, és várta, hogy Haruto apja megérkezzen, használta a kávézó ingyenes WI-FI-jét, és felfedezett néhány igazán klassz dolgot a japán kávézókultúráról. Mint például Yokohamában, voltak kávézók a macskabarátoknak, és volt egy, amelyik a sündisznókat ünnepelte.

Tizenöt perccel később egy férfi lépett be a kávézóba. Alfréd azonnal tudta, hogy Haruto apja az, mivel a tettes gyorsan haladt az asztalához.

"Naze watashitachiha daidokoro no chikaku ni iru nodesu ka?" - kérdezte a kávézó tulajdonosát (ami lefordítva annyit tesz: "Miért vagyunk a konyha k özelében?").

"Kare wa hakuchōdakara!" - mondta a tulajdonos, mielőtt eltávolodott az asztaltól (ami lefordítva azt jelenti: Mert ő egy hattyú!).

Amikor néhány perc múlva visszatért egy tálcával, ami tele volt Bubble Teával, a tulajdonos azt mondta: "Mōshiwakearimasen" (ami lefordítva azt jelenti: S ajnálom.)

" Ī nda yo," mondta Haruto apja mosolyogva (ami lefordítva azt jelenti: Semmi baj.)

Alfréd teáját egy olyan tálban szolgálták fel, ami elég nagy volt ahhoz, hogy beledugja a csőrét. A teája jeges volt - jó, mert nem akarta megégetni a nyelvét, és nem akart sokáig várni, amíg kihűl.

"Domo arigato gozaimasu" - mondta Alfréd (ami lefordítva annyit tesz: köszönöm szépen).

"Iie" - válaszolta Haruto apja (ami lefordítva annyit jelent: ne is említsd.)

Egy darabig csendben ültek, egymást bámulva, miközben szürcsölték a teájukat.

"Miért vagy itt?" Haruto apja hirtelen megkérdezte. "A feleségem attól fél, hogy el akarod venni tőlünk a fiunkat, és nem kaphatod meg. Igen, megtaláltuk, de mi vagyunk az egyetlen szülők, akiket valaha is is mert."

"Hűha!" Alfréd felkiáltott. "Semmi sem fog történni, hacsak nem akarod. Egyébként a fia kiválóan beszél angolul" - mondta Alfréd. "Ahogy az önöké is."

"A hízelgés itt nem fog segíteni. Ahogy már mondtam, nem kaphatja meg a fiamat."

"Ha Haruto segítene nekünk, hogy megmentsük a világot? Akkor is nemet mondanál?"

"Haruto csak egy fiú. Te egy hattyú vagy. Mit tudnak a fiúk és a hattyúk, amit a férfiak nem tudnak? Nem kaphatod meg őt." Keresztbe fonta a karját.

"Mi van, ha nem tudjuk megmenteni a világot, a segítsége nélkül? Mi van, ha ő akar segíteni nekünk?"

"Haruto semmit sem tud az életről. Nem tud segíteni nektek. Keressetek valaki más fiát, valaki idősebbet. Valakit, aki arra született, hogy megmentse a világot.

Nem egy fiút. Nem az én fiam, Haruto. Sem ma, sem holnap, sem soha."

"Mi lenne, ha hagynánk, hogy ő döntsön?" Mondta Alfréd. "Miután mindent elmagyaráztam neki."

"Mondj el mindent most. És majd én eldöntöm, hogy mit kell tudnia. De előbb hadd kérdezzem meg - miből gondolod, hogy egy olyan kisfiú, mint a fiam, segíthet neked?"

"Úgy gondoljuk, mint mindannyiunknak, neki is vannak adottságai, egyedülálló adottságai. Ő nem olyan, mint a többi gyerek, ugye? Amikor Rosalie említette őt, még csecsemő volt. Gyorsabban öregedett, mint a többi gyerek?"

Haruto apja megrázta a fejét. "Amikor öt évvel ezelőtt rátaláltunk, még csecsemő volt. Megnőtt, ahogy minden gyerek megnő."

"Ó, bocsánat. Rosalie-nak nem volt ideje frissíteni vagy kiegészíteni a jegyzeteit. Mégis, nem szeretné, ha a fia más, hozzá hasonlóan tehetséges gyerekekkel lenne együtt? Közénk tartozna, és elfogadnánk őt. És mi megbecsülnénk az adottságait, és megvédjük őt."

"Azt akarod mondani, hogy nem tudom megvédeni a saját fiamat?"

"Nem, uram. Egyáltalán nem ezt mondom. Csak azt mondom, hogy szükségünk van rá, és talán, csak talán, neki is szüksége van ránk. Egy fiú, aki egyedül áll, soha nem lehet olyan erős, mint egy fiú, aki egy csapat tagja."

"Talán magányos. Talán, de még fiatal, és ki fog nőni belőle." Haruto apja csendben maradt, mielőtt megkérdezte: "Mi az adottságod, és ki az ellenség?".

"Gyógyító erőm van, emberekre és állatokra - főleg az utóbbiakra. Tudok gondolatolvasni. Lia a jövőbe lát. E-Z életeket ment. képes vagyok meggyógyítani a betegeket és gondolatolvasásra. Még egy szuperhősös honlapunk is van, amit megmutathatok, ha bizonyítékként szeretnél mindent a saját szemeddel látni."

"Már láttam a honlapotokat - mondta Haruto apja. "Úgy ismernek titeket, mint a Hármak. Hárman nem vagytok elég erősek ahhoz, hogy bármilyen ellenséggel szembenézzetek? Hogyan segíthetne nektek egy olyan kisfiú, mint Haruto? Alig emlékszik arra, hogy fogat mosson."

"Értem én. Nekem is volt egy fiam, amikor még ember voltam."

"Te is ember voltál egyszer? Mi történt a fiaddal?"

"Meghaltak, és engem hattyúvá változtattak. Ez egy hosszú, bonyolult történet. A lényeg az, hogy egészen a közelmúltig nem tudtuk, hogy vannak más gyerekek is. Rosalie volt az. Csodálatos nő volt, aki képes volt gondolatban kommunikálni a gyerekekkel. Beszélt Liával, Harutóval, Brandyvel és Lachie-vel. Mindenkit összehozott, és nagy árat fizetett érte. A fúriák megölték, amikor nem akart semmilyen információt elárulni nekik a gyerekekről. Rosalie nélkül nem tudnánk a másik létezéséről, és nem lennénk itt, hogy meg akarjuk védeni a fiadat, vagy nem kérnénk a segítségét a gonosz nővérek legyőzésében.

"Azért küldtek, hogy beszéljek Harutóval, és elmagyarázzam, mivel állunk szemben. Természetesen visszautasíthatja, te visszautasíthatod helyette - de nélküle talán nem tudjuk legyőzni a Fúriák néven ismert gonosz istennőket."

A tulajdonos még több teát kínált. Alfréd visszautasította, Haruto apja keze azonban kissé megremegett, amikor felemelte a frissen újratöltött teát, és belekortyolt.

"Haruto a legfiatalabb gyermek?"

Alfréd bólintott.

"Mesélj a másik két újoncról."

"Brandy meghal, és újjászületik. Lachie tud beszélni, és minden lény megérti."

"Ez a Brandy minden alkalommal önmagaként születik újjá?" Haruto apja megkérdezte.

"Én így tudom."

"Hány éves?"

"Ezt nem tudom biztosan, de azt hiszem, hogy tizenéves. Miért számít ez?" Kérdezte Alfréd.

"Mert az, hogy ismételten újjászületik, miközben emberi állapotban marad, azt jelenti, hogy Brandy megrekedt a Tanulás stádiumában. Ezért jól boldogul majd másokkal, akik nála fejlettebbek. Tanulni fog tőlük, és talán ez segít neki, hogy elérje a következő f okozatot."

Alfréd valamennyire megértette, de nem szólt semmit.

"A fiam nem vinné előre Brandy életét, ezért nem engedem, hogy részt vegyen ebben a harcban. Sajnálom, hogy az idejét vesztegetem."

"Nos, én eljöttem idáig - szóval, mit árthat nekem, ha beszélek vele, ha te, a feleséged és az anyád is jelen van. Hadd válasszon ő maga. Hadd döntsön ő. Ha nem neki való, ha úgy gondolod, hogy túl fiatal vagy felkészületlen - megértjük -, de kérlek, legalább beszéljünk vele erről. Lássuk, mennyire tudja megérteni. Hadd legyen ő az, aki nemet mond - akkor én visszaszállok a gépre, és soha többé nem látsz engem."

"Te egy hattyú vagy, és repülővel repülsz?" - nevetett fel hangosan. A kávézó többi vendége is csatlakozott hozzá, bár fogalmuk sem volt, miért nevet. Azért nevettek, mert Haruto apja nevetésének hangja ragályos volt.

"Mondd el, mit szándékozik tenni a csapatod, és miért. Aztán majd én döntök. Ha meg tudsz győzni engem, akkor talán hagyom, hogy megpróbáld meggyőzni Harutót."

"Amikor meghalunk, a lelkünk elhagyja a testünket, és egy úgynevezett Lélekfogóban tér örök nyugalomra. Tudom, hogy ez eltér attól, amit mi hiszünk, de igaz. A Fúriák gyerekeket ölnek meg - olyan gyerekeket, akik számítógépes játékokkal játszanak -, majd a lelküket más lelkeknek szánt Lélekfogókba teszik. Amikor mások meghalnak, a Lelküknek nincs hová mennie."

Haruto apja néhány pillanatig hallgatott.

"Ha akarja, fiam, Haruto segíteni fog. El fogja mondani, hogy mi a tehetsége. Elmondja neked, hogy mit akar tudni, és ő fog dönteni."

"Köszönöm" - mondta Alfréd.

Felálltak, elhagyták a kávézót, és elindultak Haruto háza felé. Amikor megérkeztek, azonnal vacsorát szolgáltak fel, és mindenkit tájékoztattak a küldetésről.

"Mi történik a többi lélekkel? Ha nincs hová menniük?" Haruto megkérdezte, letette az evőpálcikákat, és ivott egy korty vizet.

"Azt nem tudjuk biztosan" - válaszolta Alfréd. Haruto apjára pillantott, aki bólintott. "De Rosalie. Emlékszel Rosalie-ra?"

"Igen, ismertem őt, és tudom, hogy meghalt" - mondta Haruto. Nagyon egyenesen ült: "Úgy érted, hogy a lelkének nincs otthona? Hogyan segíthetnék neki, hogy hazaérjen?"

"Örülök, hogy segíteni akarsz, Haruto" - mondta Alfréd. "Rosalie lelkét biztonságban tartja két leendő angyal, akik segítettek nekünk és E-Z-nek, a múltban. Szóval, egyelőre minden rendben van vele.

"Mielőtt többet magyaráznék, kíváncsi vagyok, milyen különleges képességekkel rendelkezel?"

Haruto felállt, apjára nézett, aki bólintott, majd így szólt. "Nagyon gyorsan mozgok." És elkezdett pörögni, egyre gyorsabban és gyorsabban és gyorsabban, amíg el nem tűnt.

"Hűha!" Mondta Alfréd. "Olyan vagy, mint a tasmán ördög eltűnő változata!"

"Sosem unjuk meg, hogy akcióban lássuk" - mondta az anyja. Egészen addig a megjegyzésig feltűnően csendes volt. "Gyere vissza, gyermekem" - mondta. "Gyere vissza."

Ugyanúgy érkezett meg, ahogy eltűnt, csakhogy ezúttal nem láthatták, ahogy pörög, amíg újra fel nem tűnt. "Már megint éhes vagyok!" Haruto felkiáltott. És leült, újratöltötte a tányérját, és farkaséhesen evett.

"Mindig éhes leszel tőle?" Kérdezte Alfréd.

"Mindig" - mondta Sobo, és újabb étellel kínálta unokáját. A fiú bólintott, túlságosan el volt foglalva az evéssel ahhoz, hogy válaszoljon.

Miután Haruto jóllakott, Alfréd elmagyarázta, hogy az E-Z's szolgál majd a csapat főhadiszállásaként, vagyis bázisaként. Húzta az időt, kereste a megfelelő szavakat, hogy elmondja nekik, milyen veszélyben lesznek mindannyian.

"Hadd mondjam el - mielőtt beleegyeznétek -, hogy a fúriák gonosz, szörnyű lények, akik akkor is megbüntetik a gyerekeket, ha azok nem tettek semmi rosszat. Elveszik a gyerekek életét, rossz gondolatokért, nem rossz tettekért, és eltérítik a lélekfogókat másoktól. Meg kell állítanunk őket, és helyre kell állítanunk a dolgokat. És ők rendkívül veszélyes és hatalmas istennők."

Haruto apja azt mondta: "Megtiltom, hogy elmenj!".

"De apám, te megtanítottál engem arra, hogy a tetteim ebben az életben, a következőben is folytatódnak. Ezért igent kell mondanom." Alfrédra nézett, és azt mondta: "Számíthatsz rám!"

"Haruto, mint édesanyád és édesapád, azt akarjuk, hogy sikerrel járj - de azt akarjuk, hogy a közelünkben legyél, ne pedig a világ másik felén, idegenek között."

Haruto felállt a helyéről, és átkarolta a nagymamája nyakát. Úgy suttogtak oda-vissza japánul, hogy Alfréd nem értette.

"Sobo azt mondja, elkísér, de attól tart, hogy közeleg az ideje. Ha meghal, és nem Japánban van, hogyan fog a lelke hazatalálni?"

"Néhány arkangyal és arkangyali segítő dolgozik velünk. Ők vigyáznak Rosalie lelkére, és ha bármi történne a nagymamáddal, biztos vagyok benne, hogy az ő lelkét is megvédik. Amíg a lélekfogóik készen nem állnak."

"Nagyon büszke vagyok rád - mondta Sobo -, és örömmel csatlakozom hozzád a repülésen. Örülök, hogy megismerhetem a többi szuperhősgyereket. Ennek a Sobónak még több unokája lesz." Megölelte H arutót.

Haruto édesanyja és édesapja is csatlakozott hozzá. Ez egy családi ölelés volt. Alfréd arcán könnyek csorogtak végig. Egy hattyú sírása a legszomorúbb dolog a világon.

Ahogy szétváltak, az edényeket összeszedték és mosogatásra állították. Mindenkinek teát szolgáltak fel, kivéve Harutót.

"Előkészítem a táskámat - mondta. "Jó éjszakát."

"Lefoglalom a repülőjegyeinket, és értesítelek a részletekről" - mondta Alfréd.

Visszament a szállodába, és lefoglalta a repülőjegyét. Aztán elküldte az összes részletet Charles Dickensnek. Remélte, hogy Charles találkozhat velük a Heathrow repülőtéren, és együtt repülnek E-Z-hez.

A fárasztó nap után Alfréd leugrott a Queen Size méretű ágyára. Megmuzsikálta a párnákat, és addig nézte a tévét, amíg végül álomba nem merült.

7. FEJEZET

EN ROUTE (ÚTVONAL)

IVEL AZ ÖSSZES GYEREK úton volt E-Z háza felé, a levegőben ott volt a reménynek nevezett energia. Úgy tűnt, hogy ez az energia a világ egyik feléről a másikra terjed. Olyannyira, hogy elérte a Fúriákat is.

A három gonosz istennő a tűz körül táncolt, amelyet egy üstben hoztak létre a halottak csontjaiból. Felemelkedett egy többfejű lángoló gömb. A szemük láttára három tűzgömbre oszlott.

Az istennők egyre nagyobb energiával töltötték meg a tűzgömböket, míg úgy tűnt, hogy a dühös gömbök fel fognak robbanni. Aztán útnak küldték őket, hogy megtalálják és szétzúzzák az ellenségeik szívében élő reményt.

Az első tűzgömb elindult, a legtávolabbi célponthoz igazítva, hogy találkozzon és elpusztítsa E-Z-t, Lachie-t és Babyt. A tüzes tárgy útközben szétesett, szétesett a puszta sebességtől, amíg egy tekegolyó méretű nem lett. A gyanútlan triót vette célba, amely ellen haladt.

E-Z kerekesszékének érzékelői figyelmeztették őt a közelgő veszélyre, hála Hadz és Reiki fejlesztésének. A GPS egy gyorsan mozgó, élettelen tárgyat érzékelt, amely egyenesen feléjük tartott.

"Valami egyenesen felénk tart!" Kiáltotta E-Z. "Szálljunk le, és tűnjünk el az útjából."

"Rendben" - mondta Lachie, miközben a trió lezuhant.

De a lángoló gömb követte őket, mintha saját nyomkövetője lett volna. Nem számított, milyen mélyre mentek, az könyörtelenül a nyomukban maradt.

Megálltak, lebegve, csoportosan - bizonytalanok voltak, hogy most leszálljanak-e, vagy megpróbáljanak más módon túljárni az eszén. Ha leszállnak, és a lény követi őket, megölhet vagy megsebesíthet másokat. Nem akartak másokat is veszélybe sodorni, mert az ő ket üldözte.

"Mit fogunk csinálni?" Lachie megkérdezte.

"Te és Baby menjetek fedezékbe, én és a székem majd elintézzük."

"Nem hagyunk itt!" Lachie felkiáltott, és Baby bólintott.

"Oké, akkor álljatok mögém" - mondta E-Z. Tudta, hogy ő és a kerekesszéke golyóálló, de vajon tűzállóak-e? Ezt 5, 4, 3, 2, 1, 5, 4, 3, 2, 1 perc alatt meg akarta tudni.

Baby kinyújtotta a nyakát, üvöltött, a lehető legtágabbra tátott szájjal - és a tűzgolyó egyenesen belecsapódott. A sárkány szemei kidülledtek, és ajkai megremegtek, ahogy visszafogta a benne lévő tüzes fenevadat. Aztán elszállt, Lachie az életéért kapaszkodott a nyakába, messzire repült, és keresett egy helyet, ahol megszabadulhat attól a valamitől, ami belülről égette.

Végre megtalálták a helyet, ahol biztonságosan a tengerbe dobhatták. Baby kinyitotta a száját, és kirepült. A még mindig lángoló valami csúszkált a víz tetején, mintha elszántan életben akart volna maradni, de végül megadta magát, és elpárolgott, ahogy elsüllyedt az óceánba.

"Igen!" E-Z felkiáltott. "Ez az, Baby!"

Baby és Lachie visszatértek E-Z mellé: "Mi történt?"

"Baby elképesztő volt! Beledobta a tűzgolyót a tengerbe. Most már semmi más, csak egy újabb szikla."

"Köszi Baby" - mondta E-Z. "Ez egy kicsit túl közel volt ahhoz, hogy megnyugtasson."

"Egyetértek. És Baby megérdemel egy kis kényeztetést. Valami hűsítő a torkának."

"Amit csak Baby akar", mondta E-Z. "Menjünk le, és tartsunk egy kis szünetet, mielőtt folytatnánk."

Lachie átölelte Baby nyakát, és lementek, hogy lerázzák magukról az első és reményeik szerint utolsó találkozásukat egy őrült tűzgolyóval.

"Szerinted ez a Fúria volt?" Lachie érdeklődött.

"Nem hiszem, hogy tudnak rólunk. Úgy értem, tudják, hogy létezünk, de nem konkrétan."

"Az a valami ránk célzott. Megpróbált megölni minket. Ki más akarná a halálunkat?"

"Igazad van, egyenesen felénk jött. Valószínűleg csak véletlen egybeesés. Remélem."

"Nem kellene figyelmeztetnünk a többieket?"

E-Z a telefonjára nézett. Nulla sávot mutatott. "A csapatom tud magára vigyázni, és nem akarom megijeszteni őket. Reméljük, mivel ez csak egyszeri a lkalom."

✳✳✳

A FÚRIÁK EGY MÁSODIK lángoló korongot küldtek Yokohama irányába. Alfred és Haruto gépe már a kifutópályán volt és felszállásra készült.

A tűzgolyó feléjük repült, de szerencsétlen útvonalat választott - elhaladt az 59 láb magas robot mellett, aki kinyújtotta a karját, elkapta, majd összezúzta. Hamu égett le az alatta lévő peronra.

A repülőtéren Alfred és Haruto gépe biztonságosan felszállt, és a páros nem is tudta, hogy célpontok v oltak.

✳✳✳

A HARMADIK ÉS EGYBEN utolsó lángoló gömb az arizonai Phoenix felé indult. Körbe-körbe repült, órákig kereste a célpontját, de nem találta.

Kis Dorrit kivételes egyszarvú volt, egy felderítés elleni pajzs állt rendelkezésére, és az mindig készenlétben volt. Utasainak védelme végül is Little Dorrit legfontosabb feladata volt.

Miután céltalanul repkedett, a lángoló gömb ahelyett, hogy a sebességgel szétesett volna, egyre nagyobb lett, mígnem elérte az üstökös méretét. Akkor tért haza jogos tulajdonosaihoz - a fúriákhoz.

A lángoló tárgy, amely nem tudta megkülönböztetni a barátot az ellenségtől, órákon át üldözte a sikoltozó Fúriákat a Halál-völgyben. Az életükért futottak, amíg Tisi meg nem varázsolt egy v arázsigét.

A gömb először megállt a levegőben, és a három istennő elégedetten nézte, ahogy az üstbe pottyan, és gombapörköltbe borul.

Alli odarepült hozzá, és leszorította a fedelet.

Aztán A Fúriák hátravetették a fejüket, és heccelték, miközben táncoltak, énekeltek és nevettek.

Egészen addig, amíg az üstben pukkanó hangot nem hallottak. Mintha pattogatott kukoricaszemek melegednének. A hangok egyre hangosabbak lettek, ahogy az üst fedele belülről behorpadt, és végül annyira megemelkedett, hogy az újszülött tűzgolyók ki tudtak szabadulni.

A kis tűzgömbök, mivel nem volt hova menniük - a Fúriákra céloztak, és üldözték őket, ahogy egyenként kialudtak.

Énekelve, kimerülten és bosszúsan a három istennő Erielt hívta, hogy jöjjön és segítsen nekik, de ezúttal nem válaszolt.

✳✳✳

M IKÖZBEN EGYEDÜL REPÜLT TOVÁBB az égen, mivel Lachie és Baby a tűzgolyó lenyelése miatti mellékhatások miatt lassabban haladtak, E-Z felmérte a csapatát. Néhányszor a sorban álláskor kapott olyan sms-eket, amelyek megerősítették, hogy ők is gondolnak rá.

Lia küldött egy üzenetet, amely megerősítette Brandy képességeit, és Alfred is ugyanezt tette Haruto képességeivel kapcsolatban.

E-Z nem viszonozta, hogy közölte velük Lachie képességeit. Ehelyett inkább át akarta nézni a dolgokat, hogy lássa, ő és a hétfős csapat (Charles-t is beleértve) képességei hogyan állnak majd a három hatalmas, de gonosz istennővel szemben.

Gondolatban leltárt készített, és emlékeztette magát a csapata erősségeire:

Én tudok repülni, ahogy a székem is. Golyóállóak vagyunk, én pedig szupererős vagyok. Jó vezető vagyok, okos és erős empátiával rendelkezem.

Lia ösztönző, empatikus, kedves, okos, és képes olvasni a gondolatokban és a jövőbe.

Alfréd erős gondolkodású, intelligens, és mint a legidősebb tag bölcs a korral. Empatikus, néha gondolatolvasó, és képes meggyógyítani a betegeket.

Lachie kommunikál a lényekkel. Magányos ember, de ez nem az ő hibája. Empatikus, intelligens. Tudja, hogyan kell minden nehézség ellenére túlélni, és jól jön az álcázó képessége.

Haruto a legfiatalabb, de ő is túlélő. Képes láthatatlanná pörgetni magát.

Brandy meghalt - többször is - és újra életre kelt. Ő egy túlélő, az biztos.

Végül, de nem utolsósorban Charles Dickens. Az ő képességei ismeretlenek. De okos, empatikus és képes alkalmazkodni.

A telefonját használva, amikor már elég volt a rácsokból, történelmi dokumentumokat keresett az interneten, hogy kiderítse, milyen képességekkel rendelkeznek a Fúriák:

Emberfeletti erő.

Állóképesség, beleértve a nagy fájdalomtűrést.

Életerő.

Pókszerű mozgékonyság.

Sérülésállóság és szupergyors gyógyító képesség.

Repülés.

Alakváltás - egy másik személy alakjába.

Láthatatlanság.

Képesek fájdalmat okozni az áldozataiknak.

Meg képes parazitákat kiválasztani. FÚJ.

Várj egy percet, azt írja, hogy a fúriák történelmileg az igazságot képviselik. Azt írja, hogy a múltban csak a gonoszoknak és a bűnösöknek ártottak... a jóknak és az ártatlanoknak nem volt mitől félniük. Szóval, mi változott? Miért érezték szükségét annak, hogy ártatlan gyerekeket öljenek meg, és ehhez játékokat h asználjanak?

Olvasott tovább, és azon tűnődött, hogy pontosan hogyan ölték meg a gyerekeket. A legenda szerint a Fúriák soha nem bántották fizikailag a gonosztevőket. Ehelyett a bűntudatot használták - hogy az őrületbe kergessék őket.

Visszagondolt arra a fiúra, aki megpróbálta lelőni. Meggyőzték arról, hogy ha nem teszi meg, amit mondanak neki, akkor bántani fogják a családját. Azon tűnődött, hol lehet most az a gyerek. Talán az egyik Lélekfogóban volt?

Tovább kutatott, hogy kiderítse, vajon a Fúriák képesek-e irgalomra, de nem talált rá bizonyítékot.

Hozzáfűzte a listához azt, amit már tudtak - A Fúriák halandók voltak. Ez volt az egyik közös pont benne és a gonosz istennőkben, és neki és a csapatának ki kell találnia, hogyan használhatják ezt a saját előnyükre.

Lachie és Baby utolérte E-Z-t.

"Hogy van Baby?" - kérdezte.

"Már jobban van" - válaszolta Lachie.

Baby hátravetette a fejét, üvöltött egyet, és száguldott előre.

"Várjatok meg!" E-Z felkiáltott.

8. FEJEZET
A FÚRIÁK

A REMÉNY MOCSKOS ÉRZÉSÉVEL, amely még mindig bűzlött a levegőben, a Fúriák vártak. Kijavították megperzselt ruháikat, és megnyírták égett hajukat. Szerencsére a kígyók sértetlenek maradtak. Hogy szalonképessé tegyék magukat a közelgő vendégük érkezésére.

Ő volt a jótevőjük. Az, aki visszahozta őket a földre. Azt javasolta, hogy a Halál-völgy észrevehetetlen szívében telepedjenek le.

A tűzgömb meghibásodása előtt láttak jeleket. Jeleket, hogy most minden ellenük fordul. A változás jó volt, de csak akkor, ha ők irányították. Eljött az ő idejük. Készen kellett állniuk a mozgásra. A dolgok az előnyükre fordultak. Csak ki kellett várniuk. Aztán készen álltak a lecsapásra.

"Eriel - sziszegte Meg.

Az arkangyal, a szeretett vezetőjük végre megérkezett.

"Mi a helyzet?" Tisi megkérdezte. "Undorodunk ettől a sok reménytől a levegőben."

"Igen, ez a reménykedő dolog kikészít minket" - énekelte Tisi és Allie, miközben az égő tűz körül táncoltak.

Nézte őket, ahogy meztelenül táncoltak, mint a bansik. Csattogtatták az ostoraikat, miközben a kígyók, amik a karjuk és a hajuk voltak, véletlenszerűen csúszkáltak és köpködtek.

Eriel fekete felhőként ereszkedett le rájuk, leszállt, majd összehajtotta a szárnyait. Hatalmas termetéhez képest a Fúriák babáknak tűntek. Csípőre tett kézzel állt, majd féltérdre ereszkedett, hogy egy szintre kerüljön velük. Ez volt a módja annak, hogy leereszkedjen a szintjükre, ugyanakkor fölöttük maradjon. Tudatni akarta velük, hogy neki dolgoznak, és nem fordítva. Belefáradt abba, hogy ezt erősítse a nővérekben, mégis, félő volt, hogy ez volt az egyetlen módja annak, hogy kordában tartsa őket.

"Nincs remény - nem most, hogy együtt dolgozunk - mondta Eriel. "És ne nevessetek. Nos, azt hiszem, nevetni lehet. Én is ezt tettem, amikor először hallottam, hogy egy csapat gyereket küldenek, hogy megöljenek téged."

A fúriák hisztérikusan felhördültek. A hangjuk visszhangzott a Halál-völgyben, és elijesztette az összes madarat.

"Azok az idióták!" Mondta Meg.

"Megesszük azokat a gyerekeket, reggelire, ebédre és vacsorára" - mondta Tisi az ajkát nyalogatva.

"Mi nem eszünk gyerekeket" - mondta Alli. "De vicces vagy, húgom. Mi csak a lelküket akarjuk. És nem emlékszem, hogy MIÉRT akarjuk őket. Magyarázd el még egyszer kedves húgom."

Meg azt mondta: "Eriel parancsát teljesítjük. Ő akarja a Lélekfogókat, és mi megszerezzük őket neki. Amint teljesítjük a követelését, újra Nyx Lányai - a Kedvesek - leszünk, és mi uraljuk az éjszakát, és azt teszünk, amit csak akarunk."

"Akkor ha meg akarom kóstolni az egyik gyermeket - megtehetem, ugye?" Tisi megkérdezte. "Mindig is kíváncsi voltam, milyen ízük lehet." Megforgatta a szemét, és beleszimatolt a levegőbe. A fején lévő kígyó a férfi felé vetődött.

Eriel gúnyolódott. "Ezek nem közönséges gyerekek, mint amilyeneket a játékban becserkészel. Ezek tehetséges gyerekek, erőkkel és képességekkel. Ennek ellenére tájékoztatlak, és szükséged lesz a segítségemre."

"A segítségedre? Hogy legyőzzük a gyerekeket, egyszerű csecsemőket?!" - nevetett a trió, és hatalmas denevérszárnyaikkal a földről felemelkedve röpködtek. "Legyőzzük őket, mielőtt még lecsapnának." A kígyók sziszegtek és köpködtek egyetértően.

"Ahogy a fehér szobában is tettük. Ahogy a barátjukkal, Rosalie-val tettük. Nem akarta elmondani, hogy kit küldtek értünk. Tudni akartuk, és belefáradtunk, hogy arra várjunk, hogy elmondja nekünk. Így hát kivittük őt" - mondta Meg.

"Igen, és majdnem elárultad a játékot! Továbbá kár, hogy nem kaparintottad meg a lelkét, és nem tetted egy Lélekfogóba" - mondta Eriel. "Most már vannak elvarratlan szálak. Az elvarratlan szálak nyomokká válhatnak azok számára, akik keresik ő ket."

Felnéztek az égre, és egy szivárványhoz hasonló színcsíkot láttak, amely egyik oldalról a másikra húzódott. Csakhogy ez nem szivárvány volt, hanem energia. Azok energiája, akiket az arkangyalok toboroztak, hogy megtegyék azt, amire ők maguk képtelenek voltak.

"Tudjuk, hogy jönnek - és esélyük sem lesz ellenünk!" Tisi felsikoltott.

Nos, sikerült legyőzniük azokat az infantilis tűzgolyókat, akiket küldtetek!" Eriel felkiáltott. "Olyan szegényes és amatőr próbálkozás volt az! Szégyelltem magam miatta, hogy veled dolgozom! Még jó, hogy senki sem tud a kapcsolatunkról."

Ökölbe szorított ököllel és fogakkal a Fúriák nem haladtak előre, amíg Alli meg nem törte a jeget.

"Nővérek, az ő véleménye rólunk nem számít. Mi megtettük a tőlünk telhető legjobbat. Egy próbát megért. Különben is, már így is rengeteg lélek áll rendelkezésünkre." Megkeverte a fazekat, egy merőkanállal belekortyolt a levesbe, majd kiköpte. "Túl sok a só - mondta. Vizet adott hozzá, majd vadgombát és néhány bébikrumplit. "És napról napra több gyermeklelket gyűjtünk. Már belefáradtam, hogy itt várjam, hogy a gyerekszuperhősök eljöjjenek hozzánk. Hogy megszerveződjenek. Ha mindannyian együtt vannak, miért nem öljük meg őket?"

"Nővér, türelmesnek kell lenned."

"Belefáradtam a türelembe. Belefáradtam - egyszerűen belefáradtam" - mondta Alli. Megkeverte, és miután beledobott néhány vad fűszernövényt és fűszert, megkóstolta a levest, és jó volt. "Kész a vacsora - mondta.

"Türelmes leszel, és nem fogsz cselekedni - hacsak nem mondom, hogy cselekedj. Ez az én játékom, és én hívtalak meg, hogy játsszatok. Nélkülem csak három haszontalan istennő vagytok, akik életük hátralévő részét elalszanak." A csizmájával belerúgott a homokba. "És igazán kár, hogy emberi táplálékot kell fogyasztanotok. Elég nagy visszalépés - hiszen most már táplálékra van szükségetek a túléléshez. Amikor én uralkodom a Földön, és az összes Lélekfogó itt lakik, akkor megnyomom a FÖLDSZÜNETET. Uralkodni fogok a Földön, és ha jól játszod a játékot. Ha azt teszitek, amit kérek tőletek, akkor mellettem lesztek. Osztozol a nyereményben. Ha ellenem s zegülsz, akkor visszatérsz a porba."

Miután kimondta a por szót, kinyitotta karjait és szárnyait, felemelkedett a földről és eltűnt.

A fúriák együtt énekeltek, miközben a levesüket kortyolgatták. A kígyók, akik a legéhesebbek voltak, felnyalták, és bár kitakarították az edényt, mégis többet akartak.

"Most, hogy elment - mondta Meg -, beszéljünk a saját végjátékunkról".

Tisi és Alli kuncogott.

"Eriel azt hiszi, hogy visszaállítja az istennői állapotunkat, de nem fogjuk hagyni, hogy az az arkangyal átvegye a hatalmat a Föld felett. Ki mondja, hogy nem hagy minket a porban, ha már minden munkát elvégeztünk? Az arkangyalok nem mindig tartják be az ígéreteiket. Nekünk sem kell betartanunk a miénket, ugye, nővérek?"

"Kinek képzeli magát a Kiválasztott?" Kérdezte Alli.

Meg felnevetett. "Őt semmi és senki sem választotta ki - de nekünk mégis szükségünk van rá."

"Igen" - mondta Tisi. "Az önhittsége a hibája." Suttogásra halkította a hangját: "Minden alkalommal, amikor beszél, meggyengíti magát. Minden alkalommal, amikor elárulja a többi arkangyalt, egy kicsit többet ad ki a hatalmából."

A nővérek ismét dalra fakadtak:

"A toborzott gyermekek vére lesz a holnapi leves.

Miután vacsoráztunk, hula-hoopban fogunk szórakozni."

Meg átvette a dalt,

"Csecsemők, gyerekek gonosz kisgyerekek és bűnösök, mint a trágya.

Mondjuk le a fejükkel, ha minden szerencsénk lesz!"

Alli énekelte,

"Sötétség lányai kontra gyerekek, akiknek fogalmuk sincs.

Véres eső lesz az égből, mire végzünk!"

Csattogva és sziszegve csattogtatták ostoraikat és táncoltak, miközben a hold egyre magasabbra és magasabbra emelkedett az égen. Kimerülten a földre zuhantak, és a földben aludtak. A kígyók jobban szerették ezt a helyzetet - és aludtak is -, minthogy egész éjjel sziszegve és mozgolódva száguldozzanak.

"Jó éjt, nővéreim" - mondták körbe-körbe, ahogyan a műholdas parabolaantennán keresztül látták az embereket a Waltonékban a tévében. Ez volt az egyik kedvenc műsoruk. "És reggel újra átgondoljuk a t ervet."

9. FEJEZET

PAFHS9

S AM és S AMANTHA VERSENYRE készültek, és arra vártak, hogy melyik gyerekcsoport érkezik vissza előbb. A győztes egy teljes hónapon át minden este az ikrekkel kelt volna fel, így a tét nagy volt.

Sam E-Z-t, Liát, majd Alfrédot választotta. Samantha Alfrédot, E-Z-t, majd Liát választotta.

"De E-Z Ausztráliában van - szidta Samantha. "Úgyis veszíteni fogsz. Rád fogok gondolni - NEM - amikor egy hónapig átalszom az éjszakát."

"Te választottad Alfrédot, és ő repül a repülőn! Tudod, hogy mindig túlfoglalják, és ritkán tartják be a menetrendet. Míg E-Z úgy jön és megy, ahogy neki tetszik, és a kerekes széke elképesztően gyorsan utazik! Annyira fogok nyerni, és annyira biztos vagyok benne, hogy megédesítem a fogadást, és hat hónapot teszek rá. Hajlandó vagy megemelni a tétet?"

Samantha megfontolta ezt az új ajánlatot. Az ilyen fogadások árthatnak egy házasságnak, és már így is kevés volt az alvásuk, mivel mindketten minden éjjel felébredtek, hogy az ikrekkel foglalkozzanak. Megölelte a férfit: "Maradjunk egyszerűek. Egy hónap."

"Csirke" - mondta Sam, és átkarolta a feleségét. Homlokon csókolta, miközben Jill jajveszékelést eresztett meg, amelyhez Jack hamarosan csatlakozott. "Én megyek" - mondta.

"Menjünk együtt" - mondta Samantha, a férje kezét a sajátjába fogta, és elindultak a folyosón.

A kis Dorrit szárnyalt visszafelé, méghozzá nagy sebességgel.

"Nem mehetnénk le egy italra?" Brandy megkérdezte.

"Csak nem" - mondta Kis Dorrit.

"Ugyan már", mondta Lia, "csak pár perc az egész".

"Nem akarlak megijeszteni", mondta Kis Dorrit, "de rossz előérzetem van, és azt akarom, hogy minél hamarabb eltűnjünk a nyílt terepről."

"Oké" - értett egyet a két lány.

Mivel már majdnem otthon voltak, Lia küldött egy sms-t Samanthának, hogy pár perc múlva otthon lesznek.

"Á, mindketten tévedtünk!" - mondta a lány.

"De egyikünknek még mindig minden este fel kell kelnie az ikrekkel" - mondta Sam.

"Majd felváltva" - mondta Samantha, amikor ő és Sam most, hogy az ikrek visszatértek a szundikáláshoz, kimentek a kertbe. Hamarosan megpillantotta a kis Dorritot, amint leszálláshoz é rkezett.

Lia és Brandy leugrottak.

"Ez nagyon király volt - mondta Brandy. "Köszönöm, Kis Dorrit." Megölelte az egyszarvút, aki azt válaszolta: "Szívesen".

"Igen, köszönjük, hogy vigyáztál ránk" - mondta Lia.

"Vigyázni rátok, volt valami probléma?" Sam megkérdezte.

"Semmi olyan, amit ne tudtam volna megoldani" - mondta Kis Dorrit. "Most pedig, ha egy darabig nincs rám szükségetek, szeretnék egy kis vizet és egy kis harapnivalót hozni."

"Menj csak - mondta Sam -, és köszönöm, hogy vigyázol a lányainkra".

Kis Dorrit kacsintott Samre, aztán elindult, és hamarosan eltűnt a szemünk elől.

Miután bemutatkoztak Samnek és Samanthának, Brandy hazatelefonált, hogy tudassa az anyjával, hogy épségben megérkeztek.

Néhány órával később megérkezett Alfred, Charles, Haruto és a nagymamája. Mint korábban, most is bemutatkozásra került sor, Brandy és Lia is csatlakozott hozzájuk.

"Nem lehetsz te AZ a Charles Dickens - mondta Brandy felvont szemöldökkel. "Te meg még csak egy gyerek vagy, aki alig lépett ki a pelenkából" - mondta Harutónak, aki válaszul láthatatlanná pörgette magát.

"Hoppá!" Brandy felkiáltott. "Te meg egy nagy tollas hattyú vagy! Hogyan fogsz segíteni nekünk legyőzni a Fúriákat!"

"Először is - kezdte Alfréd -, sokkal gorombább vagy, mint kellene. Még egy ilyen műveletlen hattyúnak is van modora, mint én."

"Anata wa gakidesu!" mondta Haruto nagymamája, ami lefordítva annyit tesz: "Te egy kölyök vagy!".

A láthatatlan Harutóból kuncogás hallatszott.

Lia közbelépett és bocsánatot kért: - Majd én felvilágosítom. Ő jó fej. Csak adj neki egy kis időt, hogy beilleszkedjen" - mondta. "Egészen mostanáig nem tudtam, amíg a saját szememmel nem láttam, mire képes Haruto." A kisfiúnak azt mondta: "Gyere vissza, Haruto, kérlek. Nem akarta megbántani az érzéseidet."

"Sajnálom" - mondta Brandy a padlóra eresztett szemmel.

Haruto visszatért, elhalványulva. Nagyanyja derekát átkarolva állt. Alfred és Charles közelebb lépett hozzájuk.

"Most szálltunk le a repülőgépről, és fáradtak vagyunk - úgyhogy megyünk, és felfrissülünk. Amikor visszajövünk, elvárom, hogy pórázt tegyél rá, vagy egy darab ragasztószalagot a szájára. Vagy megtanítod egy kis jó modorra - mondta, majd a másik kettővel a nyomában elballagott a folyosón.

"Hűha!" Mondta Brandy. "Csak WOW! Mondtam, hogy sajnálom."

"Nem, igaza volt" - mondta Lia.

Samantha azt mondta: "Most már a mi házunkban vagy, és nem tűrjük, hogy bárkivel is goromba legyél."

Sam keresztbe fonta a karját a mellkasán, éppen akkor, amikor az ikrek újra jajveszékelni kezdtek.

"Biztos éhesek. Ne aggódj, majd én megoldom" - mondta Samantha, de mielőtt elment volna, Brandyre pillantott.

"Brandy, furcsa helyen vagy, ahol Lián és Kis Dorriton kívül még senkit sem ismersz - mondta Sam. "Ha ennek a csapatnak a része akarsz lenni, hogy legyőzzük a Fúriákat - akkor együtt kell dolgoznotok. A csapattársaidat sértegetni nem hatékony módja a kezdésnek. Azt javasolnám, kérj bocsánatot újra, mintha komolyan gondolnád, amikor visszatérnek, és kérd, hogy kezdhessük elölről."

Brandy szeme könnybe lábadt: - Csak meglepődtem, hogy milyen csapattagokkal fogok együtt dolgozni. De igazad van, újra bocsánatot fogok kérni, és kérek még egy esélyt. Remélem, hogy megbocsátanak nekem. Anya mindig azt mondja, hogy túl szókimondó vagyok a saját érdekemben."

Lia elmosolyodott. "Imádni fogod Alfrédot, ha egyszer megismered. Én is most találkozom először személyesen Charles-szal. Charles furcsa helyzetben van. Amikor tízéves volt, ez 1822-ben történt. Gondolj csak bele. És Harutóval és a nagymamájával is most t alálkozom először."

"Ez őrület! James Monroe volt akkor az elnök - és ő volt az ötödik elnökünk!" Brandy felhördült. Finoman odakönyökölt Liához: "Anya és apa szuperül le lennének nyűgözve, hogy emlékszem erre az infóra!

És a kölyök, mármint Haruto, nos, túl fiatalnak tűnik ahhoz, hogy kockára tegye az életét."

Lia felnevetett, és Sam is csatlakozott hozzá, majd meghallotta, hogy a felesége hívja, hogy segítsen az ikrekkel, és kisietett a szobából.

Charles így válaszolt: "IV. György volt a trónon, amikor legutóbb itt jártam. Legalább nem kell attól tartanom, hogy jövőre újra a dologházba kerülök" - mondta mosolyogva, ami gyorsan elhalványult.

Lia önkéntelenül felsikoltott, Brandy pedig könnyekben tört ki, és azt mondta: "Annyira sajnálom, Charles".

"Á, akkor már hallottál a dologházakról" - mondta. "De én itt vagyok, és túléltem, és úgy tűnik, a tapasztalataimat felhasználva olyan karaktereket írtam, mint Twist Olivér és Kis Dorrit, hogy csak kettőt említsek. Igen, olvastam magamról az interneten, és meg kell mondanom, még magamra is jó benyomást tettem."

"Még nem találkoztál Kis Dorrit, az egyszarvúval" - mondta Lia. "Elment frissítőért, de hamarosan visszajön."

"Kicsoda?" Charles érdeklődött.

A végszóra Kis Dorrit újra megjelent a fejük felett körözve, és gyorsan leszállt.

"Kis Dorrit, ő itt Charles Dickens. Charles, ő itt Kicsi Dorrit" - mondta Lia.

Charles elakadt a szava, ahogy a barátságos egyszarvú hozzásimult. "Álmomban sem gondoltam volna, hogy egyszer találkozom egy egyszarvúval."

"Örülök, hogy megismerhetlek, Charles" - mondta Kis Dorrit.

Charles zihált: "És méghozzá egy okosan beszélő!" Millió kérdést akart feltenni neki, de ezeknek várniuk kellett, mert fent az égben E-Z, Lachie és Baby éppen leszállni készültek. "Ébren vagyok, vagy álmodom?" Charles megkérdezte. "Csípj meg, hogy biztos legyek benne."

Miután Baby leszállt, és Lachie leszállt, mindenki bemutatkozott, miközben E-Z berohant a mosdóba. Amikor visszatért, Sam és Samantha az ikrekkel a hátán, Haruto és Alfred csatlakozott hozzájuk.

"Itt van a banda - mondta Alfred.

"Beszélhetnék veled és Harutóval?" - kérdezte Brandy. Amikor bólintottak, azt mondta: - Nagyon-nagyon sajnálom. Kérlek, bocsássátok meg a gorombaságomat, és adjatok egy második esélyt." A lábára nézett.

"Kezdjük elölről - mondta Alfréd.

"Saikai suru" - mondta Haruto, majd lefordította: "Amit mondott".

"Anata wa yurusa rete imasu", mondta Haruto nagymamája, ami lefordítva azt jelenti: "Megbocsátok".

Baby és Kis Dorrit egymás mellett állva nagyon furcsa látvány volt. Kis Dorrit nem volt kicsi, ő egy egyszarvú volt, aki több mint két méter magas volt, míg Baby, nem volt baba termetű, hiszen több mint két méter magas volt.

"Ööö, azt hiszem, nektek kettőtöknek - utalva Babyre és Kis Dorritra - máshol kell majd aludnotok, mert a kert nem lesz elég nagy kettőtöknek" - mondta E-Z.

Kis Dorrit azt mondta: "Én tudok egy helyet, ahol kaphatunk valami finom ennivalót és vizet is".

"Jól hangzik" - mondta Baby.

Haruto nagymamája megveregette Baby fejét, és megkérdezte: "Josha wa dodesu ka?", ami lefordítva azt jelenti: "Mit szólnál egy fuvarhoz?".

Baby azt mondta: "Tashika ni, tobinotte!", ami lefordítva azt jelenti: "Persze, pattanj fel!".

Haruto odaszaladt és azt mondta: "Matte watashi o wasurenaide!", ami lefordítva azt jelenti: "Várj, ne felejts el!".

Baby leereszkedett, hogy Haruto és a nagymamája fel tudjon mászni a hátára. Elrepültek, Kis Dorrit pedig szorosan követte őket a közelben.

Sam azt mondta: "Azt hiszem, mindenkinek be kellene rendezkednie, és holnap kedvükre beszélgethetnek és tervezgethetnek."

"Jó ötlet" - mondta E-Z, miközben Baby letette Harutót és a nagymamáját. Sobo haja égnek állt, mintha az ujját dugta volna bele a konnektorba.

Mivel Haruto nagymamája szótlan volt, Samantha a szobájába vezette. "Haruto az én szobámban alszik - m ondta.

"Persze, mindjárt jövök." Végigment a folyosón E-Z szobája felé.

"Milyen volt?" E-Z megkérdezte Harutót.

"Subarashi!" - kiáltott fel, ami lefordítva azt jelenti: "Fantasztikus!".

"Ma szállítottak nekünk egy kiságyat és néhány emeletes ágyat - mondta Sam -, úgyhogy Haruto,

Charles és Lachie, ti E-Z-vel és Alfreddel vagytok a szobájukban. Alfred E-Z ágyának végén alszik."

"Köszönöm" - mondta E-Z, miközben a szobája felé indultak. "Ó, egyébként", mondta, amikor kettesben maradtak, "volt valamelyikőtöknek gondja a visszaúton?".

Alfred azt mondta, hogy nem volt.

"És veled mi van, Lia?" - kérdezte gondolatban.

"Nem."

"Szóval, mi történt?" Alfréd megkérdezte.

"Nos, egy lángoló tűzgömb volt a nyomunkban."

Lia zihált.

"De hála Baby gyors gondolkodásának, elpusztult."

"Hogy sikerült elpusztítania?" Alfréd érdeklődött.

"Baby lenyelte, majd az óceánba dobta."

"Ez ijesztő" - mondta Haruto.

"Még mindig aggódom egy kicsit Baby miatt" - mondta E-Z - "mert visszafelé menet észrevettem, hogy néhányszor köhögött és tüsszentett."

Lachie azt mondta: "Egyszer még szikrák is repültek a szájából és az orrlyukaiból. Azt mondja, jól van, de én nagyon figyelek rá".

"Most már nem igazán vihetjük el az állatorvoshoz, nem igaz?" Mondta Alfréd.

Haruto nevetett és nevetett.

"Mi olyan vicces?" Érdeklődött E-Z.

"Hyoryu Doragon" - mondta. "Hyoryu Doragon!" - Ami lefordítva sárkány állatorvos - és ismét felharsant a nevetés.

Alfred és E-Z megvonta a vállát, akárcsak Charles, aki azzal váltott témát, hogy megkérdezte, a többiek szerint ki kellene-e találniuk egy új nevet a csapatuknak, mivel most már heten vannak három h elyett.

"Talán - mondta E-Z.

"Mik a legfontosabb jellemzőink?" Charles megkérdezte.

"Ígéret" - javasolta Haruto, miután megnyugodott, és abbahagyta a nevetést.

"Törekvés" - mondta Charles.

"Hit - mondta E-Z.

"Remény" - mondta Alfred.

Samantha néhány percig hallgatózott az ajtó előtt. Mindenki elég barátságosnak tűnt, ezért visszatért, hogy beszéljen Haruto nagymamájával.

"Haruto berendezkedett a többi fiúhoz, és beszélgetnek. Holnap beköltözhet ide, ha akarod. Ott van neki a saját kiságya. Új nevet terveztek a szuperhőscsapatuknak - ezért nem akartam megzavarni az ötletelésüket".

Haruto nagymamája bólintott: "Köszönöm".

Lia és Brandy most már a szobáról szobára tartó beszélgetésbe is bekapcsolódott.

"Erő x 7" - javasolták a lányok.

"Uh, néha tud olvasni a gondolatainkban" - erősítette meg E-Z.

Charles felkiáltott: "És mi van a PAFHS7-el?".

"Tetszik - mondta E-Z -, de nem felejtjük el a csapatunk két kulcsfontosságú tagját? Mármint Kicsi Dorritról és Babáról. Ők szerves tagok, és már többször megmentették a seggünket."

Alfred megismételte a szavakat, ahogy Haruto is.

"És mi van a PAFHS9-cel!" Lia és Brandy énekelte ki.

A PAFHS9 nem tehetett róla, nevettek - egészen addig, amíg meg nem hallották, hogy valaki a fejük felett a tetőn járkál.

"Mi a fene volt ez?" Kérdezte E-Z.

"Hahó! Mi vagyunk azok!" Raphael mondta. "Eriel és én.

10. FEJEZET

RUCKUS!

S AM AZON TŰNŐDÖTT, HOGY vajon korán jött-e a karácsony, amikor fürdőköpenyében kibotorkált, hogy megvizsgálja a tetőn tapasztalható lármát. Nem látta, hogy ki van odafent, amíg nem állt az előkert közepén.

"Pszt!" - suttogta. "Épp most altattuk el a kicsiket".

Az arkangyalok nem válaszoltak. Ehelyett úgy lógtatták a fejüket, mint két megszidott gyerek.

"Nem szeretnétek bejönni?" - kérdezte.

"Köszönöm szépen" - felelte Raffael.

POOF

POW

Ő és Eriel eltűntek.

Sam nem mozdult el azonnal a gyepről. A lába vizes volt a fű harmatától, és ahogy ökölbe szorította az öklét a köpenye zsebében, észrevette, hogy Kis Dorrit és Baby a ház körül kering.

"Minden rendben van odalent?" Érdeklődött Kis Dorrit.

"Igen - mondta Sam -, de a biztonság kedvéért ne menjetek túl messzire. Majd füttyentek, ha segítségre van szükségünk." Intett, majd visszament a házba, amely most hangoktól és székcsikorgástól volt hangos. Összeszorította a fogát, és remélte, hogy az ikrek mélyen alszanak. Most a konyhában észrevette, hogy Haruto nagymamáján kívül mindenki ébren van, a ki ébren van.

Raphael, aki az asztalfőn ült, most arra a nőre hasonlított, aki ápolónőnek öltözött a szállodában, amikor Alfréd életét megmentették. Hosszú, omlós, ballagásra emlékeztető talárja úgy növelte a státuszát a többiek között, mintha egy ülő professzor vagy egy b író lenne.

Eriel viszont megváltoztatta a külsejét, így úgy nézett ki, mint egy elhunyt énekes, akinek védjegye volt, hogy tetőtől talpig feketébe öltözött, beleértve a sötét keretes napszemüveget is.

"Szükségünk van még székekre?" Samantha érdeklődött.

"Azt hiszem, megvagyunk" - mondta Sam. "Remélem, ez nem fog sokáig tartani. Ó, és E-Z, te ülj az asztal másik végére, mivel te vagy a választott vezetőnk."

"Uh, köszi" - mondta E-Z a helyére lépve. "Szóval, mi a fenét csináltok ti ketten itt az éjszaka közepén?"

Brandy felnevetett: "És ki mondta, hogy én vagyok a bunkó?"

Lia azt mondta: "Shhh."

Raphael mindegyik gyerekre pillantott. Most látta először Harutót, Charlest, Brandyt és Lachie-t. Mindannyian olyan hihetetlenül fiatalok voltak, olyan bátrak. A szemei könnybe lábadtak, amikor a pillantása E-Z-re esett. Lehajtotta a fejét.

E-Z várt, aztán rájött, hogy Raphael arra kéri, hogy adjon neki engedélyt a beszédre. A férfi bólintott.

Mielőtt megszólalt, Raphael megigazította új szemüvegét. E-Z-t arra késztette, hogy megigazítsa a régi szemüvegét, amelyet eredeti tulajdonosának kérésére soha nem vett le az arcáról.

Charles, aki nagyon szokatlan módon egyre türelmetlenebbé vált, megkérdezte: "Asszonyom, miért vagyok itt tízéves kisfiúként, amikor felnőttként sokkal hasznosabb lennék ennek a csapatnak".

"CSEND!" Eriel felkiáltott, és ököllel az asztalra csapott. "Miénk a szó. Beszélj, húgom, mert ezek a gyerekek egyre türelmetlenebbek. A szemük villog és szikrázik a teremben. Mintha azt várnák, hogy forró viaszkádakba dobd őket!"

"Durva!" Brandy felkiáltott. "Nem félek tőled!"

"Shhh" - suttogta Lia.

Charles rámosolygott Brandyre.

"Félned kellene" - mondta Eriel grimaszolva. "Nagyon félni."

"Rendet! Rendet!" Raphael kiáltott, és megvárta, amíg mindenki leül és megnyugszik. "Ma este a TE érdekedben vagyunk itt." Raphael inkább hangosabban mondta, mint amire számított.

"Tessék! Ide!" Eriel közbeszólt.

"Hogyhogy?" E-Z érdeklődött.

"Majd ő megmondja, ha elhallgatsz!" Eriel kijelentette.

Raphael ismét megvárta, mielőtt újra megszólalt volna.

"Nincs időnk díszes tervekre vagy halogatásra. A Fúriák pusztítást végeznek, napról napra egyre nagyobb mértékben a Lélekfogók kalózkodásával. Öreg lelkeket dobálnak ki a nyílt semmibe. Teljes a káosz odakint! És minden másodperccel, minden perccel, minden nap minden órájával egyre többet teremtenek. Röviden, meg kell állítani őket. Azonnal."

"De..." Alfréd azt mondta, "még csak nem is említetted a gyerekeket."

Eriel felállt a székéből. Alfrédra meredt, kényszerítve őt, hogy elfordítsa a tekintetét. "Még nem fejezte be."

Raffael ezúttal habozás nélkül folytatta.

"Mi, Eriel és én azért vagyunk itt, hogy tanácsot adjunk neked - anélkül, hogy közvetlenül belekeverednénk. Az a feladatunk, hogy segítsünk nektek, hogy segítsetek magatoknak megmenteni a gyerekeket."

E-Z-nek egyáltalán nem tetszett ez a hang, egyáltalán nem. Ököllel az asztalra csapott.

"Már megegyeztünk, hogy harcolunk a Fúriák ellen. Először is fel kell készülnünk, ki kell dolgoznunk egy tervet. Ha készen állunk, elpusztítjuk őket. Ha azért jöttetek ide, hogy siettessetek minket, hogy csatába hajtsatok minket, mielőtt még itt lenne az ideje, akkor, mivel engem választottak vezetőnek, szeretnék visszavonulni. Mi csak gyerekek vagyunk, és arra kérsz minket, hogy kockáztassuk az életünket. Én nem vagyok, mi nem vagyunk hajlandóak továbblépni, amíg nem vagyunk teljesen felkészülve."

Lia állt fel először, és tapsolni kezdett, majd a csapat többi tagja is csatlakozott hozzá.

"Amit mondott" - huhogta Alfréd, mivel a hattyúk nem tudnak tapsolni.

"Várjatok!" Raphael szólalt meg. "Nem azért vagyunk itt, hogy lökdössünk, hanem hogy segítsünk."

Eriel színe fehérről vörösre változott, szélsőséges kontrasztban a fekete öltözékével. E-Z és a többiek csak nézték, ahogy az arkangyal arcszíne tovább vörösödött, attól félve, hogy felrobban a feje.

"Nyugodj meg, és ülj le!" Parancsolta Raffaello. Eriel vett néhány mély lélegzetet, majd visszasüllyedt a helyére.

Raphael felemelt fejjel nyugodt maradt. Hátratolta a székét, és felállt. És addig emelkedett, amíg a többiek fölé nem emelkedett. Úgy helyezkedett el, mintha varázsszőnyegen utazna, és jobbra billentette a fejét, mintha egy szelfihez pózolna.

"Elkötelezettek vagyunk melletted és a feladat mellett, de az erőnknek vannak korlátai. Ha ismered a mondást, hogy "lélekben itt vagyunk neked" - akkor mi is azok vagyunk. Ma minden szabályt felrúgtunk, amikor idejöttünk az otthonotokba. Feletteseink tanácsa és a józan ész ellenére tettük ezt.

"Azzal, hogy idejöttünk, láthatatlan és ismeretlen veszélyeknek tettük ki magunkat, de önök megérik a kockázatot. Ezért döntöttünk úgy, hogy személyesen jövünk és felajánljuk a segítségünket."

"Továbbá, úgy tudjuk, hogy önök tervet fogalmaztak meg, és mi itt vagyunk, mint a hangadók. Kipróbálhatjátok rajtunk, hátha működik. Ha észreveszünk hibákat, rámutatunk rájuk, és segítünk nektek."

E-Z a csapattagjaira pillantott, akik ismét visszaültek. "Fontolgatjuk azt a lehetőséget, hogy az istennőket behúzzuk egy játékba, és ott legyőzzük ő ket."

"Ó, értem" - mondta Raffael. "Azt hiszitek, hogy legyőzhetitek őket a saját játékukban, hogy úgy mondjam, okos. Elég okos, de attól tartok, nem elég ok os."

"Hogy érted ezt?"

"Rájöttek, hogyan manipulálják és irányítják a játékvilág összes játékosát. Minden trükköt ismernek - mert az iparág megkönnyítette a dolgukat, ha már egyszer benne vagy a játékban. Ahhoz, hogy játszhass, ölnöd kell. A fejlődéshez ölni kell. A győzelemhez ölni k ell.

"Az E-Z játékvilágon belül neked is ölnöd kell. Ha egyszer megteszed, akkor a Fúriák szabad prédája leszel. Mindegyikőtöket egyesével elfoghatják. Ott nem állhattok ki csapatként. A csapatok a játékon belül puszta illúziók. Egyetlen játékos sem mentesülne a bosszúszomjas tervük alól.

"Ne feledjétek, az istennőknek van egy megbízatásuk - mégpedig az, hogy megbüntessék a büntetleneket. És ők ezt pontosan követik, minden ha, és és de nélkül. Azonban egy szürke zónát kihasználnak a saját előnyükre. Semmi sem állíthatja meg őket - feltéve, hogy betartják a megbízatást." Megállt, és Erielre pillantott: "Szeretnél még valamit hozzáfűzni?"

"A helyedben - mondta -, én nyílt terepen, frontálisan támadnám meg őket. Ott és akkor, ahol és amikor a legkevésbé számítanak rá. Ezzel hatalmi pozícióba kerülnél, és sebezhetővé tennéd őket."

"Feltéve, ha nem látnak minket, vagy nem érzik, hogy értük jövünk" - mondta Brandy. "Még mindig nem értem, hogyan ölhetik meg a gyerekeket. Látnunk kell, hogy megértsük, és hogy tudjuk, mivel állunk szemben. Mondtam, hogy segítek, de határozottan több konkrét információt vártam."

"E-Z - kérdezte Raphael -, hajlandó vagy visszaadni a szemüvegemet? Egy rövid időre? Segítségükkel megmutathatom neked a Fúriák technikáját. Hogyan csapdázzák be a gyerekeket a játékban, valós időben. Brandynek igaza van, látni azt jelenti, hogy hiszünk, de az eredeti szemüvegem nélkül nem tudom megcsinálni. Ezt a döntést csak te hozhatod meg. Ha tényleg látni akarsz. Ha tényleg tudni akarod."

"Király" - mondta Brandy. "Lássunk hozzá, E-Z."

Eriel a plafonra pillantott. "Ophaniel megidézett engem. Most már mennem kell." Meghajolt.

ZIP

Eltűnt az éjszakában.

E-Z levette a piros szemüveget, és összehajtogatta, mielőtt átadta volna Raffaellónak, aki még mindig az asztal fölött lebegett. A poharak, amikor a lány érte nyúlt, a kezébe repültek.

Raphael levette az új szemüvegét, és kifényesítette a régit, mielőtt az arcára tette volna. Elmosolyodott, ahogy ő és mindenki más a szobában figyelte, ahogy a vér kígyószerűen mozog a keretek körül, mintha újra megismerkedne vele.

Amikor a vér a szemüvegben visszatért a rafkai áramlásához, feltette az arcára, majd a fal felé mutatott, miközben erőteljes, fényes, villódzó fények áradtak a szemüvegből, mint amilyeneket egy moziban látni vélne az ember.

"Mielőtt elkezdenénk - mondta Raphael -, ez nem a gyengébb idegzetűeknek való. Amit most látni fogtok, az felnőtt kísérőprogramnak minősül. Nem hiszem, hogy Harutónak látnia kellene."

Samantha azt mondta: "Ugyan már Haruto. Te és én nézhetünk egy kis tévézést a másik szobában."

Mindketten kimentek. És elkezdődött a műsor.

A képernyőn egy kisfiú volt. Hét, talán nyolc év körüli. Bár az éjszaka közepén volt, mégis a számítógép előtt ült. A fején fejhallgató volt. A szája előtt egy apró mikrofon volt, ami a fejrészéhez volt er ősítve.

"Megvagy!" - mondta. "Már csak egy gyilkosságra van szükségem, és máris a következő szinten vagyok."

HHIIIIIIIIIIISSSSSSSSSSSSSSSS.

És ők is hallották.

"Te egy gyilkos vagy!"

"Csak a rossz fiúk ölnek - és te egy rossz fiú vagy. Tudja az anyád, hogy milyen rossz fiú gyilkos vagy?"

"Csak játszom egy játékot" - mondta a fiú. "Ez csak egy játék, és ha nem ölök, nem jutok tovább."

"Szegény kölyök" - mondta E-Z.

Csend.

A fiú folytatta a játékot. Hamarosan eljött az idő, hogy ismét ölnie kelljen. Ezúttal habozott.

"Gyerünk. Egyszer már öltél, tudod, hogy jó móka volt, úgyhogy gyerünk, ölj újra. Tudod, hogy szeretnél."

"Nem!" - mondta.

"Nem számít. Csak egy gyilkosságra van szükségünk!"

Ekkor a sziszegés ismét nagyon hangossá vált, egyre hangosabban, egyre hangosabban.

"Állj!" - kiáltotta.

"Hagyd abba, Raffael!" Lia sikoltott.

"Nem tudom" - válaszolta az arkangyal. "Azt mondtad, látni akarod, hogyan csinálják. Ha valamelyikőtök túlságosan megijed, hagyja el a szobát, vagy takarja el a szemét. Brandynek igaza volt, a saját szemetekkel kell látnotok. Eddig én sem l áttam."

HHIIIIIIIIIIIIISSSSSSSSSSSSSSSSS.

Menjetek tovább. Egyszer már öltél, tudod, hogy jó móka volt, úgyhogy gyerünk, ölj újra. Tudod, hogy a karsz."

Gyerünk, gyerünk. Egyszer már öltél, tudod, hogy jó móka volt, úgyhogy gyerünk, ölj újra. Tudod, hogy a karod."

Gyerünk, gyerünk. Egyszer már öltél, tudod, hogy jó móka volt, úgyhogy gyerünk, ölj újra. Tudod, hogy a karod."

"La, la, la, la, la" - énekelte a fiú. Próbálta kizárni a hangokat.

"Megőrült" - mondta a játékban játszó barátja is. "Én elmegyek. Találkozunk holnap a suliban, Tommy."

"La, la, la, la, la!" Tommy tovább énekelt.

A pulzusa száguldott. A szívverése felgyorsult. Dübörgött és dobogott, mintha ki akart volna törni a mellkasából. Nem kapott levegőt. Megpróbált felállni, de a lába kocsonyássá vált.

Egy hangot hallott a fejében. Úgy hangzott, mint az anyja hangja, de nem az volt.

"Annyira szégyelljük magunkat miattad, Tommy. Nem érdemeljük meg, hogy egy gyilkos legyen a fiunk!"

Egy második hang, ami úgy hangzott, mint az apjáé.

"A mi fiunk nem gyilkos, te ki vagy? Te nem vagy a mi fiunk."

Tommy elsírta magát.

"Gyilkos vagyok" - mondta, miközben leesett a székéről, és gömbölyűre omlott a padlón.

Most a képernyőről még két hang hallatszott. A bátyja, Alex, a nővére, Katie, akik a szüleivel énekeltek egy dalt, egy dalt, amelyet egy népszerű gyerekdalra énekeltek egy eperfa bokorról. Az ő verziójuk így szólt:

"Tommy egy mur-der-er; mur-der-er, mur-der-er, mur-der-er, mur-der-er, Tommy egy mur-der-er, És mi már nem szeretjük őt".

Szegény Tommy most már teljesen egyedül volt.

"Ne add fel - kiabálta Lia, bár tudta, hogy a fiú nem hallja.

A padlón, összegömbölyödve képzelte, hogy az anyja, az apja, a nővére és a bátyja táncol körülötte. Úgy köröztek körülötte, mint egy keselyű a zsákmánya körül.

"Tommy egy mur-der-er; mur-der-er, mur-der-er, mur-der-er, mur-der-er, Tommy egy mur-der-er, És mi már nem szeretjük őt".

Tommy kis szíve megszakadt. Kinyomta magát a testéből és elrepült.

A Fúriák elkapták, és beletuszkolták egy Lélekfogóba. Becsapták az ajtót.

Raphael levette a szemüveget. Azonnal véget ért a fali kivetítő. Ahogy visszaadta a szemüveget E-Z-nek, egy könnycsepp gördült végig az arcán.

Az asztal körül fülsiketítő volt a csend.

"Ezek mellett a boszorkányok mellett, akikről Shakespeare írt a Macbethben, kedvesnek tűnnek" - mondta Alfréd.

"Nem értem, hogy az álcázási képességem, vagy az állatokkal való beszéd képessége hogyan segít rajtuk, nem ellenük" - mondta Lachie.

"Megölnék egyet, meghalnék, visszajönnék, megölném a másodikat, meghalnék, visszajönnék és megölném a harmadikat" - mondta Brandy. "Hadd kapjam el őket!"

"Várj egy percet" - mondta E-Z. "Most, hogy láttuk, beszélnünk kell róla. Mielőtt belevetnénk magunkat. Talán újra kellene szavaznunk? A részvételünknek egyhangúnak kell lennie."

Sam megszólalt. "Nem kell szégyenkezned, hogy nemet mondj. Senki sem nevezett ki titeket a világ megmentőinek."

"Igaza van" - mondta Raphael. "Senki sem nevezett ki titeket - mégis, nincs más, aki megtehetné."

"Miért nem tudjátok ti, arkangyalok megtenni?" Brandy megkérdezte.

"Mindent megpróbáltunk, amit tudtunk, és kudarcot vallottunk. Ezért jöttünk hozzátok" - mondta Raffaello. "És egy dolgot szeretnék mindannyiótok számára világossá tenni... Ha valaha is eljön egy pillanat, amikor attól féltek, hogy közeleg a vég, akkor jövünk, hogy segítsünk nektek."

"Akkor hogyan akarsz segíteni nekünk, amikor az előbb azt mondtad, hogy haszontalanok vagytok?" Charles megkérdezte.

"Ezt akartam kérdezni" - mondta Brandy.

"Ha, amikor, a vég közeledik... mi arkangyalok más hatalmat kapunk. Amíg nincs rájuk szükség, ezek az erők mélyen a föld gyomrában alszanak.

"Addig is, E-Z, ismered a varázsszavakat, amelyekkel Erielt magad mellé hívhatod. Ugyanezekkel a szavakkal engem és a többieket is elhozhatod, ha szükséged van ránk.

"El fogunk jönni. Melletted fogunk harcolni. De kérlek, ne vesztegesd el a hívást. Ahhoz, hogy az ősi erők felébredjenek, félreérthetetlen bizonyítéknak kell lennie arra, hogy az emberi faj vége küszöbön áll."

"És mi van, ha hívunk titeket, és a hatalmak, amiket mondtok, nem jönnek el. Akkor mi lesz?" E-Z megkérdezte.

"Akkor mi is meghalunk veletek együtt."

E-Z az asztalra csapott az öklével.

"Látva őket akcióban, felforr a vérem. Le kell győznünk őket."

"Tessék! Tessék!" Charles felkiáltott.

"De előbb - mondta Sam -, el kell mondanod ezeknek a gyerekeknek, mielőtt harcba küldöd őket. Mondd el nekik pontosan, hogy te és a többi arkangyal hogyan próbáltátok legyőzni a Fúriákat."

"Csapdát állítottunk nekik, amikor rájöttünk, hogy visszajöttek. Elárult minket, elárult minket, aztán átköltöztek a Halál-völgybe. A Halál-völgy most már tiltott terület az arkangyalok számára."

"Tiltott terület? Ki tette ezt?"

"Erre a kérdésre nem tudok válaszolni. Csak annyit tudok, hogy egy csapat mérhetetlenül erős arkangyal képtelen volt áttörni az általuk felállított védőgátakat."

"Ennyi?" Brandy megkérdezte. "Csak ennyit próbáltatok, és most azt akarjátok, hogy átvegyük az irányítást. Tényleg?"

Raphael csípőre tette a kezét: "Arkangyalok vagyunk, és a földi hatalmunk korlátozott." Nevetett: "A hatalmunk máshol is korlátozott."

"Oké, oké" - mondta E-Z. "Megértettük. Nincs más választásunk, nem igazán, de hagyjuk ránk."

"Rendben van" - mondta Raffael. "De mielőtt elmegyek, Charles, szeretnék válaszolni a kérdésedre. Az arkangyalok nem idéztek vagy engedtek el téged. Úgy hisszük, hogy az ittléted véletlen.

"Szerintünk a Fúriák sem tudnak rólad. Talán te egy titkos fegyver vagy. Lehet, hogy hatalmas erők lakoznak benned.

"Azt mondtad, azt kívánod, bárcsak felnőtt emberként hoztak volna vissza. A mai életkorod jelentős. Úgy hisszük, hogy a gyerekek kezében van az emberi faj jövője. Csak a gyermekek képesek legyőzni a tiszta gonoszt."

"De miért csak gyerekek?" Charles érdeklődött.

"Mert tiszta szívvel születnek" - mondta Raffael.

Charles egy kicsit magasabbra ült a székében.

Raphael folytatta: "Charles Dickens, ne félj kísérletezni, és felfedni az igazi énedet. Lehet, hogy benned van egy ajtó, amelyet csak te tudsz kinyitni. Egy kulcs.

"Maga a tény, hogy van vérvonal, közted, E-Z és Sam között, jelentős. Ne féljetek, mindent kockára tenni, hogy megtaláljátok ezt a kulcsot. Azért vagytok itt, hogy segítsetek megmenteni az emberiséget. Efelől nincs kétség. Használd bölcsen az itt töltött idődet. Változtassatok valamit."

Charles elsírta magát, hiszen eddig a pontig; haszontalannak érezte magát. A többiek vigasztalták és megnyugtatták.

"Sok szerencsét mindannyiótoknak" - mondta Raffaello.

POW.

És már el is tűnt.

"Ha ezt túléljük - mondta Lia -, márpedig túl fogjuk élni, a valaha volt legnagyobb győzelmi partit rendezzük".

"Charles - mondta E-Z. "Ha Raphaelnek igaza van, te lehetsz a csapat legfontosabb tagja. Kérlek, szánj időt arra, hogy egy kis lélekvizsgálatot végezz."

"Hogyan kell, lélekkutatást végezni?" - érdeklődött.

"A meditáció az egyik módja" - mondta Brandy.

"Vagy séta a természetben" - mondta Lachie.

"Egyedül töltött idő, csak gondolkodás" - ajánlotta fel Alfred.

"Aludjunk egy kicsit, és reggel folytassuk ezt a beszélgetést" - mondta E-Z.

"Nem hiszem, hogy sokat fogok aludni, miután láttam szegény Tommyt" - mondta Lia. "Még rosszabb volt, mint ahogy elképzeltem."

"Igen, szegény kis Tommy" - értett egyet Alfréd.

"Szóval, mindenki itthon van még?" E-Z megkérdezte.

Mindenki "IGEN"-t mondott.

"De mi van Harutóval?"

"Azt hiszem, ő még mindig benne lesz" - mondta E-Z - "de majd mindent elmagyarázok Sobónak, és ő majd megbeszéli vele. Teljesen megérteném, ha kihagynák."

"Bár nem hiszem, hogy így lesz - mondta Samantha. "Haruto alszik. Szégyellte magát, mert túl fiatal volt ahhoz, hogy lássa, amit te láttál. Mintha kevésbé lenne a csapat tagja."

"Jól tetted, hogy kivitted a szobából" - mondta Sam. "Amit láttunk, az borzalmas volt."

"Egyetértek" - mondta E-Z.

Charles azt mondta: "Szóval, mindenki egyért és egy mindenkiért. Pont mint a Három testőrben."

"Mindig is imádtam azt a könyvet!" mondta Alfred.

A könyvek még a legszörnyűbb helyzetekben is mindig összehozták az embereket. A PAFHS9 minden tagja remélte, hogy ez az egyetlen dolog a világon, ami soha nem fog megváltozni.

11. FEJEZET
DEJA VU

E-Z-NEK ÉS SAMNEK MÁR nem sok ideje volt kettesben, de egyikük sem panaszkodott emiatt. Samantha aggódott, hogy elvesztették a kapcsolatot, és elhatározta, hogy helyrehozza a dolgokat azzal, hogy meglepi őket egy Early Bird reggelivel az Ann's C aféban.

Egyszerre érkeztek a konyhába - mivel mindketten sms-t kaptak, hogy öltözzenek fel és azonnal jöjjenek a konyhába.

"Mi a helyzet?" Kérdezte Sam.

"Igen, mi a baj?" E-Z érdeklődött.

"Semmi baj" - mondta Samantha. "Nektek kettőtöknek van asztalfoglalásotok Annnél, úgyhogy most azonnal menjetek oda - mielőtt mindenki felébred, és csatlakozni akar hozzátok."

Sam megcsókolta a feleségét.

"Úgy gondoltam, itt az ideje, hogy ti is újra együtt reggelizzetek."

E-Z megölelte Samanthát.

"Majd mi magunk megyünk oda?"

"Mindenképpen, Sam bácsi."

Sam felkapta a hátizsákját, benne a laptopjával, és elindultak.

Gyönyörű tavaszi reggel volt, rengeteg madárcsicsergés szerenádozta őket a kávézó felé vezető úton.

"A feleséged elég különleges."

"Igen, egy a millióból."

Hamarosan megérkeztek a kávézóba. A hely szinte üres volt, és Annt sehol sem találták, de E-Z felismerte a húgát, Emilyt. Kisgyerekkora óta nem látta őt.

"Nem sokat változtál - mondta Emily, és átkarolta.

"Te sem - mondta E-Z tompa hangon, miközben a lány bő pulóverébe fojtotta. "Ő pedig Sam bácsi."

"Látom a hasonlóságot" - mondta Emily, és határozottan megrázta a kezét. "Van egy tökéletes asztalom számodra, gyere utánam."

Amikor elhaladtak a szokásos asztaluk mellett, tétovázott, és a nagybátyjára pillantott. "Nem bánod, ha inkább ide ülünk, Emily?"

"Hogyne!" Mondta Emily, kiterítve az evőeszközöket és átnyújtva az étlapokat. "Kávét?" Sam bólintott, a lány töltött neki egy gőzölgő, forró bögrével tele.

"A szokásosat iszod?" - kérdezte E-Z. A nővérem mondta, hogy mik lehetnek."

"Mindenképpen."

"És csokoládé sűrű shake volt, igazam van?"

Pontosan eltalálta.

"És te, Sam?" - kérdezte. "Te mit eszel ma?"

"Inkább kettőt abból, amit az unokaöcsém iszik", mondta, "de a sűrű shake-et hagyjuk. Ma reggel csak kávéra van szükségem."

"Jól van!" - mondta, majd elindult a konyhába.

Sam kinyitotta a laptopját, majd újra becsukta.

"Jó olyan helyre jönni, ahol mindig minden ugyanolyan" - mondta E-Z.

"Egyszer majd el kéne hoznom ide Samet és az ikreket. Szeretném támogatni a helyi vállalkozásokat, és ez jó példa Jacknek és Jillnek."

"Mindenképpen. Ehhez a helyhez csak jó emlékek fűznek" - mondta E-Z. "De egy nap el fogok merészkedni, és valami mást fogok rendelni. Jó példát kell mutatnom az unokatestvéreimnek, nem igaz?"

Sam felnevetett, majd kortyolt egyet a kávéjából. Egy másodperccel később Emily jött oda, és újra feltöltötte a csészét. "Olyan, mintha szemei lennének a tarkóján."

E-Z nevetett. Az agya egy bizonyos téma körül lebegett, amit meg akart beszélni: A fúriák. Ugyanakkor nem akart rögtön belemenni a nehéz beszélgetésbe.

"Szóval. A feleségemnek tele lesz a háza vendégekkel, akiket meg kell etetnie, mire mindenki felkel."

"Sobo majd segít."

"Igaz, de nem hiszem, hogy ki kellene használnunk. Szeretném, ha tudnánk újrajátszani, ha érted, mire gondolok."

"Mindenképpen. Akkor térjünk a tárgyra."

Sam újra felcsapta a laptopját. Ezúttal bekapcsolta, és beírta a keresőbe:

Hogyan győzzük le a Fúriákat.

E-Z bólintott, ahogy a shake-et letette maga elé. Azonnal megpróbált belekortyolni a sűrű shake-jébe, de túl sűrű volt ahhoz, hogy bármit is átjuttasson a szívószálon - és pont így szerette. "Valami hasznosat?"

"Azt írja, hogy az Erinyes - vagy a Fúriák - csak rituális tisztítással csillapíthatók."

"Ez mit jelent?"

"Azt hiszem, azt jelenti, hogy egy tettet kellene végrehajtanod - a kérésükre, vezeklésként."

"Az engesztelés nem ugyanazt jelenti, mint a vezeklés? Ez nem tetszik nekem" - mondta E-Z. "Nem tettünk semmit, amiért vezekelnünk kellene."

"Azt is jelentheti, hogy megváltás. Jóvátételt. Jóvátételt. Jóvátételt."

"A négy R, ez fülbemászó, de ismét megkérdezem, mit fogunk nekik visszafizetni?

"Gondolkodjatok a dobozon kívül" - mondta Sam. "Mi lenne, ha tehetnétek valamit, amivel arra ösztönözhetnétek őket, hogy kiránduljanak egyet, és hagyják békén a gyerekeket és a lélekfogókat?"

E-Z felnevetett. "Ha lenne rá mód, az tökéletes lenne. Emellett túl könnyű is."

Sam megvakarta a fejét. "Itt az áll, hogy a Fúriák a halál után és életük során elkövetett bűnökért büntették a férfiakat és a nőket. Amit most is tesznek - gyerekek, nem felnőttek. Ezt nem tudtam."

"Csak azt nem értem, hogy miért. Miért jöttek vissza most? Mi változott..."

"Mind kitűnő kérdés, amire nem tudok válaszolni" - mondta Sam. "De, ó, itt van valami érdekes. Azt írja, hogy a Sors Istennőiként megakadályozták, hogy az ember megtudja a jövőt."

"Pontosan hogyan?"

"Nem írja" - mondta Sam, amikor Emily ismét megérkezett, hogy felfrissítse a kávéját. "Csak egy kicsit" - mondta. Attól félt, hogy hazaúszik, ha még több kávét iszik.

"Mindjárt kész a reggelid - mondta a nő. "Remélem, éhes vagy!"

"Határozottan az vagyunk" - mondta E-Z, miközben újra megpróbálta meginni a sűrű turmixát, és némi sikerrel fel is tudott hozni valamennyit a szívószálon keresztül.

Emily elmosolyodott, majd elment, hogy üdvözöljön néhány új vendéget.

"Mindezek előtt - mondta Sam -, még csak nem is hallottam a The Furiesről. Itt az áll, hogy mind a görög, mind a római mitológiában az igazságszolgáltatás és a bosszú szellemei voltak. Másik nevük, az Erinyes azt jelenti, hogy haragosok." Lefelé görgetett. "Látok néhány említést a játékvilágban. A leírásukra használt jelzők egyike sem mond ellent annak, amit már tudunk, vagyis, hogy a fúriák gonosz, baljós lények, akik nem ismernek kegyelmet."

"Bárcsak PJ és Arden újra velünk lenne. A játék varázslói tudásukkal biztos tudnák, mit kell tenni. Amióta elvesztettük őket, azóta rúgom magam, hogy elvesztettem a fonalat. Mindezt azért, mert túlságosan belemerültem a szuperhősködésbe. Nagyon hiányoznak ezek a srácok."

"Ők nem akarnák, hogy rugdossad magad. És nekem is hiányoznak."

Emily letette az ételt az asztalra: "Jó étvágyat!" - mondta.

E-Z és Sam mohón evett, egy darabig nem szóltak egymáshoz. Az étel élvezetének sok-sok hangja után folytatták a beszélgetést.

"Épp a terven gondolkodtam - legyőzni őket a játékon belül. Biztosan jól hangzott - vagy legalábbis azt hittük, hogy jól hangzott, amíg Raphael el nem mondta az ellenkezőjét. Még jó, hogy egyenesen elmondta, különben... nos, bele sem akarok gondolni, mi történhetett volna bármelyik gyerekkel."

"Mégis, folyton arra gondolok, hogy a Fúriáknak biztos van egy Achilles-sarka. Emlékszel arra a történetre?"

"Emlékszem. Ha van gyenge pontjuk, nem tudom, mi az. Tudjuk, hogy ők is halandók, mint mi. Ha meg tudnak halni, mint mi, akkor legalább egyenlőek a feltételek."

"Koncentráljunk inkább a gyenge pontjaikra: harag, harag, bosszúvágy."

"Ezek ugyanazok a dolgok, amikért másokat büntetnek, szóval hogy lehet ez a gyengeségük?" E-Z megkérdezte, miközben egy villányi palacsintát tömött a szájába. "Szóval, jó."

Sam bólintott: "Az biztos, hogy azok." Újabb kortyot ivott a kávéjából. "Igaz, ami azt jelenti, hogy talán ugyanazokat a dolgokat, amelyekért másokat büntetnek, mi is felhasználhatjuk ellenük."

"De hogyan?"

"Ezt nem tudom - még."

"Lehet, hogy egynél több ilyen közös ülésre lesz szükségünk, hogy átgondoljuk a dolgokat" - mondta E-Z. A második tányérnyi palacsintát letette maga elé az asztalra.

"Ann most hívott, és mondta, hogy hozzak neked egy második adag palacsintát" - mondta Emily.

"Köszönöm. És mondd meg Annnek, hogy remélem, hamarosan jobban lesz."

"Úgy lesz. Még egy kávét?"

Sam bólintott, így a nő újratöltötte a csészéjét. Amikor Emily elment, azt mondta: "Ööö, mindjárt jövök", és kiment a fürdőszobába.

E-Z felé fordította a képernyőt, és beírta:

HOGYAN ÖLHETEM MEG A FÚRIÁKAT?

Néhány válasz felbukkant, de mindegyik arra vonatkozott, hogyan lehet a három istennőt a játékvilágon belül karakterként legyőzni.

Sam visszatért. "Találtál valamit?"

"Semmi hasznosat. Bár azt írja, hogy A fúriák gyökerei egészen az őskorig nyúlhatnak vissza."

"Nos, Baby származása is elég messzire nyúlik vissza."

"Látnod kellett volna, milyen gyorsan bekapta azt a tűzlabdát! Egy pillanatnyi habozás nélkül."

Amikor befejezték az étkezést, megköszönték Emilynek, és hazaindultak. Annyira jóllaktak, hogy azt hitték, soha többé nem esznek.

"Az biztos, hogy jó volt veled tölteni a délelőttöt" - mondta E-Z. "Olyan volt, mint a régi szép időkben."

"Az biztos. Csináljuk meg újra hamarosan. Addig is gondolkodjunk tovább azon, amit ma tanultunk, mert ahogy a régi mondás tartja - ahol akarat van, ott út is v an."

"Igaz, igaz, Sam bácsi. Igaz, igaz, igaz."

12. FEJEZET

A HÁZBAN

A MIKOR VISSZAÉRTEK A HÁZBA, Sam első dolga volt, hogy átkarolja a feleségét. A nő örült, hogy látja, de a keze a reggeli elkészítésével volt elfoglalva.

"Örülök, hogy ízlett - hahotázott Samantha.

"Segíthetek valamiben?" Kérdezte Sam, miközben felmérte a helyzetet az ikrekkel.

"Minden megoldott" - mondta Samantha, miközben a háta mögött az ikrek felsírtak.

Leginkább azért, mert Haruto egy pillanatra megállt, hogy a hon no piku változatát játssza, ami lefordítva kukucskálást jelent. Haruto változatában grimaszolt, aztán nagyon gyorsan pörgött, amíg el nem tűnt, aztán újra megjelent, és az ikrek vihogtak.

"Ez nagyon kreatív!" mondta Sam, miközben Lachie közbelépett, hogy átvegye a szórakoztató szerepet.

Lachie rögtön belevágott néhány állatimitációba, és az ikrek dicsérő kritikát kaptak, amikor úgy nevetett, mint egy kookaburra:

KAA!-KAA!-KAA!-KAA!

Ezután Charleson volt a sor, hogy A három szikla című meséjével szórakoztasson.

"Iwa?" mondta Haruto, ami lefordítva azt jelenti, hogy sziklák.

"Igen" - mondta Charles, miközben E-Z és Sam az ajtóhoz húzódott, hogy ők is meghallgassák a mesét, miközben Alfred, Sobo, Brandy, Lia és Samantha folytatták az ételkészítést.

"Egyszer volt, hol nem volt - kezdte Charles -, volt egyszer egy domb, magasan a La Manche csatorna fölött. Rajta sok-sok szikla volt. Valójában túl sok, hogy megszámoljam.

"Ezen a bizonyos napon egy nagy és nehéz teherautó gurult fel a dombra, nyikorogva és fogaskerekeit csikorgatva. Amikor felért a csúcsra, bevetett egy sziklaemelőt, amely minden egyes kődarab súlyával megküzdött. Órák alatt sikerült összegyűjtenie annyi követ, amennyit csak tudott. Egészen addig, amíg a teherautó hátulja meg nem telt. De nem túlságosan. A túltöltés azt jelentette, hogy a sziklák legurultak volna a teherautóról, amikor az mozgott, amit mindenáron el kellett kerülni.

"A teherautó lement a hegyről. A sziklákat egy másik, nagyobb teherautóba ürítette. Egy olyan teherautóba, amely túl nagy volt ahhoz, hogy egyáltalán fel tudjon menni a dombra, és nem volt rajta emelőszerkezet. Amikor a kisebb teherautó ismét kiürült, visszament a dombra. Hamarosan újra tele volt sziklákkal.

"Ez a folyamat többször is végbement, amíg a nagyobb teherautó meg nem telt a tetejéig. Az összes megmaradt sziklát a kisebb teherautóval kellett elszállítani. Most, hogy mindkét teherautó megtelt, a nehéz munka befejeződött. Eljött tehát az ebédidő. A férfiak pedig megették a szendvicsüket, és megitták a forró, édes teával teli termoszukat.

"Visszatérve a szikla tetejére, már csak három magányos szikla maradt. Szomorúak voltak, mert elvesztették a barátaikat, és egyszerre érezték magukat elutasítottnak, nemkívánatosnak, szükségtelennek és meglehetősen dühösnek. Túl sok érzelmet egyszerre érezni zavaró lehet, de az érzések megosztása a barátokkal, segíthet, így a három szikla megbeszélte a szorult helyzetét."

"Mit csinálnak az összes barátunkkal?" - kérdezte az első szikla, akit Rockynak hívtak.

"Nem tudom" - mondta a második szikla, akit Kavicsnak hívtak. "Talán nekik is szükségük van barátokra ott, ahová mennek. Nekem biztosan hiányozni fognak."

"Nem" - mondta a harmadik szikla, aki idősebb és bölcsebb volt, és akit Craggynek hívtak. "Nem viszik el őket világot látni. És azért sem, hogy a barátaik legyenek. Nem tudjátok, hogy azért zúzzák szét, hogy az útjaikat megcsinálják."

"Nem!" Szikla és Kavics felkiáltott. "Nem zúzhatják péppé a barátainkat!"

"Bárcsak engem is elvittek volna" - mondta Craggy. "Túl öreg vagyok már ahhoz, hogy itt üljek a zord időben. A zord szél áttöri a külső rétegemet, és nem bánnám, ha a jövőmet útként tölthetném. Akkor legalább lenne célom."

"Egy cél?" Rocky felkiáltott. "Te azt nevezed célnak, hogy összezúznak, és minden nap és minden éjjel átgázolnak rajtad a járművek?"

"Jobb, mint itt ülni, csak mi hárman örökké. Elegem van a szélből, az esőből és minden másból" - mondta Craggy.

"Nos, ha ennyire szeretnéd - mondta Pebbles -, akkor csak annyit kell tenned, hogy legurulsz a peremről. Egyenesen az alatta lévő teherautó hátuljába esnél, és már repülnél is a többi barátunkkal együtt."

"Ó, az túl messze van" - mondta Rocky, miközben egy kicsit közelebb gurult a peremhez. "Tényleg ennyire el akarsz hagyni minket? Nem tudsz célt találni, ha itt maradsz velünk? Szükségünk van rád. Idősebb és bölcsebb vagy."

Craggy a perem felé mozdult, és átkukucskált az oldalra. Igaz volt, a teherautó ott állt. Néhány izzadsággyöngy csorgott lefelé. Vagy izzadsággyöngyök voltak, vagy könnyek.

"Szörnyen hosszú az út lefelé - mondta Craggy. "És nem lenne helyes, ha magatokra hagynálak titeket, fiatalemberek."

Pebbles azt mondta: "És mi van, ha elhibázzátok a teherautót, és darabokra törik odalent! Mi itt lennénk fent, ezzel a csodás kilátással, ti meg ott lennétek lent, teljesen egyedül."

"Különben is - mondta Rocky -, lehet, hogy egy nap visszajönnek értünk. Addig is beszélgethetünk, és élvezhetjük a kilátást és a friss levegőt."

Alattuk újraindult a teherautó.

CHUGGA CHUGGA VROOM, VROOM.

"Most vagy soha" - mondta Craggy, miközben a teherautó elhúzott.

"Legalább együtt vagyunk - mondta Rocky.

"A három sziklatömb vállt vállnak vetve szorult egymás mellé. Hátat fordítottak a szélnek, belélegezték a friss levegőt, és nézték a horizonton lenyugvó nap gyönyörű látványát.

"A történet tanulsága az - kezdte Charles -, hogy...

Ezek voltak az utolsó szavak, amelyeket E-Z hallott, mielőtt ismét az átkozott silóban kötött ki.

13. FEJEZET
SILO

"ISTEN HOZOTT!" - MONDTA a hang a falban olyan felszabadultan, hogy E-Z vállai megfeszültek, mintha valaki rájuk állt volna. Vonakodva válaszolt, előbb előre, majd hátra görgette a vállát, remélve, hogy oldja a feszültséget.

"DOT. DOT" - szólalt meg egy második hang a falban, de ezúttal a hang halkabb volt, szinte suttogás.

Kinyitotta a száját, hogy válaszoljon, de semmi sem jutott eszébe, így csendben maradt, kivéve az ujjai recsegését, amelytől remélte, hogy enyhíti feszült testét.

Az első hang megnyugtatóbb hangon kérdezte: - Látom, hogy feszült vagy, aggódsz. Adhatok valamit, amivel elütheted az időt a várakozásod alatt? Egy italt? Egy könyvet? Egy utazás a gondolataidban?"

A nő nagyon éleslátó volt ahhoz képest, hogy egy hang a falban volt, és ez segített neki egy kicsit megnyugodni, azonban nem volt hajlandó elfogadni az ajánlatát, mivel fogalma sem volt arról, hogy egy utazás az elmében mivel járna.

"Látom, tétovázol..."

Egyenesen és magasan ült a székében, és úgy dobolt az ujjaival a karfán, mintha a Deep Purple Smoke on the Water című dalára ropná. Az apjával párbajoztak rajta a Guitar Hero egy elavult változatán, és nagyon jól szórakoztak. Ha most visszaemlékezett arra a pillanatra, úgy érezte, mintha az apja ott lenne vele a silóban.

"Biztos, hogy nem akarsz egy utazást az elmédben?" - kérdezte újra a nő a falban. "Nagyon jól fogod érezni magad!"

Egy robbanás. Épp most használta ezt a szót az elméjében, hogy leírja a Gitárhősködést az apjával. Kétségtelen, hogy a nő a falban olvasott a gondolataiban.

"Ööö, mi is ez pontosan?" - érdeklődött. "Nem mondom, hogy ki akarom próbálni, addig nem, amíg nem tudok többet arról, hogy miről is van szó."

"Miért, ez egy olyan hely, ahová elküldhetlek. Egy különleges helyre, ahol megélheted az álmodat."

Hihetetlennek hangzott... és mielőtt válaszolhatott volna...

DUH DUH DUH DUH,

DUH DUH DUH DUH DUH DUH

DUH DUH DUH DUH

DUH DUH DUH.

A színpadon állt, szólógitározott, egy olyan zenekarral, amelyet azonnal felismert, mint az eredeti Deep Purple-t.

Az énekes, aki elhagyta a zenekart, de a Smoke in the Waterben az eredeti szólógitáron játszott, úgy tűnt, nem bánja, hogy E-Z most az ő szerepét játssza, és nem is csinálta rosszul. Az énekes felemelte a hüvelykujját, majd átsétált a színpadon oda, ahol E-Z ült a kerekesszékében. Együtt játszottak néhány riffet, miközben a közönség sikoltozott, éljenzett és tapsolt. A következő dolog, amire emlékezett, hogy ismét a silóban volt, de a korábban tapasztalt feszült érzés m st már teljesen elmúlt.

"Köszönöm! Uh, ez kibaszottul fantasztikus volt! El sem tudom mondani, mennyit jelentett ez nekem. Soha nem fogom elfelejteni. Soha!" - tétovázott, és arra gondolt, hogy az egyetlen dolog, ami még jobbá tette volna, az lett volna, ha az apja ott van vele a s zínpadon.

"Sajnálom, hogy nem tudtam bevonni az apádat... de ez csak egy előzetes volt. És nagyon szívesen látlak. Most pedig ülj nyugodtan. A várakozási idő e gy perc."

"Azt hiszem, akkor az igazi dologtól eldobnám az agyam!" mondta E-Z, miközben hátradöntötte a fejét, és újra átélte az élményt, már olyan teljesen ellazultnak érezte magát, hogy akár szundikálhatott i s volna.

PFFT.

Az illat ezúttal más volt, borsmenta és valami más, amit nem tudott pontosan meghatározni.

"Ez rozmaring - mondta a hang a falban.

"Egészen frissítő." A szeme csukva volt, és gondolatban elkalandozott, amikor a feje fölött a tető ásított. Megrázta a fejét, kinyitotta a szemét, felkészülve arra, ami következik.

Fénysugarak csapódtak a fémtartályba, visszapattogtak, és visszapattantak falról falra. Letakarta a szemét, hogy megvédje a nyugtalanító, zárt fényjátéktól. Amikor a pattogó világítás véget ért, egy alak zuhant be a nyitott tetőn keresztül. Micsoda belépő volt. Raphael volt az.

"Ööö, helló - mondta. "Ez aztán a belépő."

"Előléptettek - ismerte el az arkangyal -, és bizonyos fokú díszítésre van szükség. Talán egy kicsit túlzás ebben az esetben, de ez egy viszonylag új előléptetés. Minden előléptetésnek van egy tanulási görbéje."

"Gratulálok az előléptetéshez."

"Köszönöm, most pedig térjünk rá arra, hogy miért vagy itt."

"Hogyne."

E-Z türelmesen várta, hogy Raphael újra megszólaljon, de egy ideig nem tette. Ehelyett úgy röpködött, mint egy madár, amely először próbálgatja a szárnyait. Csak nem felvágott? Ha igen, miért? Aztán meglátta, egy vadonatúj szemüveget viselt. Ez nagyobb, markánsabb kinézetű volt, nagyobb kerettel és vastagabb lencsékkel, és úgy nézett ki vele, mint Mr. McGoo női változata.

"Uh, szép szemüveg" - hazudta.

"Nem ez volt az első választásom" - ismerte el Raphael - "de meg kell, hogy tegye". Közelebb lépett oda, ahol a férfi ült, és lebegett. "Úgy tűnik." A lány megállt, és kényelmetlenül mozogni kezdett.

SKIDOO

Megérkezett egy szék, amire a lány egy pillanatra leült.

SKIDOO

És már el is tűnt. Újra lebegett. Nyitott tenyerét az arca oldalára helyezte. "Néhány dologra felhívták a figyelmünket. Ezt nem a királyi értelemben értem, hanem úgy értem, mint minden arkangyal."

"Mint például?"

Ismét összerezzent.

"Megkérjem a falat, hogy fújjon egy kis levendulát, hogy megnyugodj? Elég feszültnek tűnsz."

Aztán már a férfi arcába üvöltött: "A levendula nem hat az arkangyalokra! Ez egy aljas, emberi..." Mély levegőt vett. "Nagyon sajnálom."

"Semmi baj. Megértem, hogy rossz híreket kell közölnöd velem. Jobb, ha letépem a sebtapaszt. Amire gondolok, csak mondd meg egyenesen."

"Rendben van. Na, tessék."

E-Z közelebb hajolt: "Oké, lőjjön."

A falban lévő hangszórókból egy dal szólt, valami olyasmi, hogy lelőnek egy seriffet.

E-Z először csak dúdolta, "Állj!". E-Z parancsolt. "És mondd el, miért vagyok itt."

"Rögtön a tárgyra akar térni" - mondta magában Raphael. "Hát akkor tessék. Rögtön a lényegre térek."

"Rendben, tedd azt." E-Z azt mondta, bárcsak így tenne.

"Dióhéjban" - mondta - "Eriel tetten ért - mindkét oldalnak játszott".

"Mit játszott?" Aztán valami megpiszkálta az elméjét. "Nem, nem gondolhatod azt, hogy elárult minket?"

A nő az állára koppintott csontos ujjával, miközben E-Z úgy nyitotta és csukta a száját, mint egy vízből kiszakadt apróhal.

"De igen. Eriel személyesen volt felelős a barátod, Rosalie haláláért. A Fehér Szoba elpusztításáért is ő volt a felelős. Mindannyian ő. Mind Eriel."

E-Z mindent magába szívott. Szegény Rosalie. "Várj! Nem neked dolgozott? Úgy értem, nem te voltál a főnöke? Hogy történhetett ez a te felügyeleted alatt? Olvastam pár dolgot az arkangyalokról, de elárulni olyan gyerekeket, akik önként jelentkeztek, hogy segítsenek neked, ez a legalacsonyabb szint, ahová le lehet menni. Azt hiszem, a leopárdok nem változtatják meg a f oltjukat."

"Nem én voltam Eriel vezetője. Ő és én munkatársak, bajtársak voltunk. Együtt dolgoztunk, és azt hittem, tiszteltük egymást. Tévedtem."

"És mégis előléptettek."

"Előléptettek, de a két dolog nem függött össze közvetlenül. Csak annyit mondhatok, hogy Eriel valaha közénk tartozott, most már nem. Miután elárult minket, és téged is. Miután hátat fordított az elveinek - mindannak, amit mi képviselünk -, kiesett. Úgy értem, végleg kiesett."

E-Z zihált. "Azt akarod mondani, hogy Eriel leleplezett minket? Rajtunk, úgy értem, rajtam és a csapatomon?"

"Michael, aki a vezetőnk, kikérdezte Erielt. Nem kis erőfeszítésébe került, hogy szóra bírjuk. De bevallotta, hogy ő hozta vissza a Fúriákat a Földre. Hogy arra használta őket, hogy előrébb jusson az állomáshelyén. Nincs megváltás. Nincs megbocsátás Eriel számára."

"Elakadt a szavam. Hogy történhetett ez?"

"Hogyan? Nos, ha tudnánk, hogyan, akkor tudnánk, miért - amit nem tudunk. Amit tudunk, az az, hogy ő Eriel, és Eriel mindig azt teszi, ami a legjobb Erielnek. Tudtuk, hogy problémái vannak, és mégis folyamatosan lehetőséget adtunk neki, hogy bizonyítson - és amikor kudarcot vallott - megbocsátottunk neki, és adtunk neki még egy esélyt és még egy esélyt. Egészen mostanáig hittünk benne. N eki vége. Vége."

"Vége? Úgy érted, hogy halott? Az arkangyalok meghalnak? És miért adtál neki annyi esélyt? Nem ismered a mondást, hogy három csapás és kiestél?"

"Igen, hallottam már ezt a baseball terminológiát, de mi arkangyalok vagyunk, és mindannyiunktól elvárható, hogy kudarcot valljunk, vagy valamilyen szinten visszaessenek. És igazad van az édenkerti incidenssel kapcsolatban. A történelmünk messzire nyúlik vissza... de azt hittük, hogy jobban csináljuk, fejlődünk. Én magam a fiatalok védőszentje vagyok, mint te és a barátaid.

"Ezért javasoltam, hogy dolgozzunk együtt, hogy legyőzzük azokat a szörnyű fúriákat. Miért, Eriel volt az, aki erre bátorított. Ő fedezett fel téged. Aki Hadzot és Reikit küldte hozzád. Amíg azok a szörnyű nővérek meg nem érkeztek, mi valami pozitívumot adtunk mindannyiótok életéhez... Célt adtunk nektek. Emlékeztek azokra az időkre, amikor fel akartátok adni? Nem tettétek, mert mi segítettünk nektek, hogy f olytassátok."

"Oké, megértem, hogy Eriel egy rosszfiú. Mit jelent ez nekem és a csapatomnak? Ahogy én látom, a küldetésünk veszélybe került. Szóval, mi kiszálltunk, és szerintem tovább kellene lépned a B tervre."

"A probléma az - mondta Raphael, majd megállt, amikor a mennyezet felettük újra megnyílt, és Ophaniel mindenféle fuvallat nélkül érkezett, ahogy lebegett feléjük.

"Rég nem láttalak" - mondta Ophaniel E-Z-nek címezve. Aztán Raphaelhez: "Felkészült már?"

"Igen, igen. És biztos örülök, hogy itt vagy, mert tudni akarja, mi a B-tervünk."

Ophaniel bólintott. "Rendben. Hogy a lehető legvilágosabban fogalmazzak, nincs B-, C- vagy D-tervünk - mert te és a csapatod voltatok az összes tervünk egyben."

E-Z hitetlenkedve rázta a fejét. "Ti arkangyalok nem hallottátok még azt a mondást, hogy ne tedd egy kosárba az összes tojást?"

Ophaniel felnevetett. "Igen, az eredete Cervantes Don Quijote című karakterétől származik, de nekem sosem volt igazán értelme. Talán azért, mert mi, arkangyalok nem eszünk tojást. Már a puszta gondolatától is, hogy kocsonyaszerűen kocsonyásak - fúj -, hánynom kell."

"Én is" - mondta Raphael, és a kézfejével eltakarta a száját. "Az undorító kinézetükön kívül miért tennénk egyáltalán tojást a kosárba? Miért nem egy tálba? Ha tojást készítesz..."

"Egyetértek" - mondta Ophaniel. "Láttam már Jamie Olivert omlettet készíteni. Ő először tálat használ, aztán főzi meg őket."

"Ó, testvér, és nem hiszem el, hogy ti arkangyalok egyáltalán tévét néztek, nemhogy Jamie Olivert." Megrázta a fejét. "Ez azt jelenti, hogy ha az összes tojást együtt, egy helyre teszed - például egy kosárba vagy egy tálba vagy egy serpenyőbe vagy bármi másba -, ha leejted a kosarat vagy a tálat vagy a serpenyőt - akkor az összes tojás összetörik és megromlik a héjától - így nem lesz tojás a reggelire."

"De a csirkék nem tojnak tojást minden nap? Tehát, ha ma nem kapsz tojást, akkor csak gyere vissza holnap" - mondta Ophaniel.

"Mit számít egy nap tojás nélkül?" Raphael érdeklődött.

E-Z kinyitotta a kezét, és a fejéhez csapta. "Argghh!" Az arkangyalok ránéztek, és vártak, miközben ő nagyon mélyen belélegzett, majd nagyon hangosan kifújta a levegőt. "Mit fogunk csinálni ezzel az Eriel-helyzettel?"

"Először is - mondta Ophaniel -, itt tér vissza hozzátok ma, a ti különleges kérésetekre, dobpergés - a két barátotok..."

POP

POP

Hadz és Reiki, vagy ami a két wannabe angyalra hasonlított, megérkezett. Tetőtől talpig koromfeketék voltak. Szirmaik ferde, szakadtak voltak, némelyik kinyílt és felfelé állt, némelyik elhalt és elszáradt. Szárnyaik lelógtak, mintha elfelejtettek volna repülni, vagy már nem is akartak volna, és az arcukon, az arckifejezésükön a legnagyobb kétségbeesés tükröződött.

"Mi-mi történt velük?" - kérdezte.

Ophaniel közelebb lépett a két kitaszított wannabe-angyalhoz, és azok visszahőköltek.

"Most már biztonságban vagytok - mondta Raffael lágy, anyai hangon, amitől zokogásban törtek ki, ami jajgatásba csapott át.

Ophaniel befogta a fülét, majd közelebb lépett E-Z-hez, és suttogott. "Eriel bebörtönözte őket. Ezúttal időbe telt, mire megtaláltuk őket. Szegények nem tudtak segíteni magukon, mert megfosztotta őket az erejüktől."

"Szegények" - mondta E-Z.

E-Z, Ophaniel és Raphael a lények felé fordultak. Hadz és Reiki megpróbált mosolyogni. Még csak a közelébe sem jutottak.

Úgy csapkodtak, mintha egy falka keselyűt hárítanának.

"Maradjatok nyugton - mondta Ophaniel.

Hadz és Reiki abbahagyta a mozgást. Most úgy ültek, mint két koszos baba, a szemük a semmire és senkire szegeződött. Csak árnyékai voltak korábbi önmaguknak.

"Nem akarok goromba lenni - suttogta E-Z -, de jelenlegi állapotukban nem sok hasznunkra lesznek. Már ha meg tudsz győzni minket, hogy az adott körülmények között folytassuk ezt a tervet."

E-Z szavai pofonként érték a két leendő angyalt.

POP

POP

"Milyen nagyon durva és szükségtelen kegyetlenség!" Ophaniel szidta, mielőtt eltűnt.

ZAP

"Nagyon kegyetlen oldaladat mutattad meg nekünk E-Z Dickens, és ha anyád és apád itt lenne, szégyellnék magukat miattad."

"Bocsánat - mondta E-Z -, de soha többé ne beszélj nekem a szüleimről. Nektek, arkangyaloknak, ők tabu. Megértetted?"

Raphael bólintott.

"Különben is, nem akartam megbántani őket. Természetesen használhatjuk őket. Ha meg kell küzdenünk a Fúriákkal, akkor minden segítségre szükségünk lesz. Gyere vissza, kérlek, Hadz és Reiki. Adjatok még egy esélyt."

Semmi.

E-Z újra megpróbálta. "Gyertek vissza, és nagyon szívesen látott tagjai lesztek a csapatunknak."

POP

POP

A páros most már tiszta és rendezett volt, mint régi önmaguk.

"Isten hozott benneteket" - mondta E-Z.

Hadz és Reiki odarepült hozzá. Mindketten helyet foglaltak az egyik vállán. Akaratlanul is megremegtek, megijedtek a saját árnyékuktól.

"Minden rendben lesz - mondta. "Fedezünk titeket, most, hogy a csapatunk tagja vagytok."

Megpróbáltak mosolyogni, és ő értékelte az erőfeszítést.

"Szóval - mondta E-Z -, mit is mondott Eriel pontosan a Fúriáknak rólunk?"

"Azt mondta nekik, hogy gyerekeket küldünk, hogy legyőzzük őket - ennyi az egész."

"Ezt mondta neked? Honnan tudjuk, hogy nem hazudik? És honnan tudjuk meg, hogy mi a Fúriák végjátéka?"

"Azt hisszük, tudjuk, hogy a Fúriák és Eriel végjátékának célja a Föld irányítása volt. Meg akarták ütni a FÖLD PÁLYÁT, és Új Hádésszá, azaz a földi pokollá akarták változtatni. Ahol uralkodhatnának, egy olyan lelkekből álló csapatot alkotva, akik ki lennének szolgáltatva nekik. Igen, kiengednék a lelkeket, hogy szabadon kóborolhassanak, de ha egyszer megkapták a szabadságukat - fel kell adniuk azt."

"Miért egyeznének bele, hogy feladják?" - kérdezte.

"Mert az emberek, még az emberi lelkek sem képesek feldolgozni a szabadság fogalmát. Ehelyett jobban szeretik, ha korlátozzák őket. A szabadság hiánya az emberi biztonsági takaró."

"Ez hazugság" - mondta E-Z. "Annyira feldühít! Mi emberek tudjuk értékelni a szabadságunkat. Szeretjük a természetet, azt, hogy belélegezhetjük a levegőt, hogy megoszthatjuk gondolatainkat és érzéseinket másokkal, hogy értékeljük a világot és mindazt, ami b enne van."

"Elég dühös ahhoz, hogy harcoljon a szabadságáért és mások szabadságáért?" Ophaniel azt mondta.

E-Z észre sem vette, hogy visszatért.

"Igen" - mondta. "De mondd csak, ebben az új világukban csak azokat a lelkeket választanák, akiket irányítani tudnak. Mi történne a többiekkel?"

"Örökké lebegnének, otthon nélkül" - mondta Raphael. "Ebben az új világukban megszűnne a túlvilági élet. A Föld örökké szünetelő állapotban lenne. A lelkek olyan testekben maradnának, amelyek már nem lennének sem élők, sem halottak. Nem vernének többé szívek. Nem születne többé szerelem vagy gyermek. Semmilyen lélek nem emelkedne fel - többé - soha."

E-Z csendben maradt, gondolkodott, mindent magába szívott.

A hang a falban megkérdezte: "Kér valaki egy kis frissítőt?".

"Nem, köszönöm" - mondta, de örült a megszakításnak, mert visszahozta a pillanathoz. "Értem, mire használta Eriel a Fúriákat. A tény az, hogy ő is arkangyal, mint te, és tudtad, hogy problémái vannak, mégis esélyt adtál neki, esélyt esély után, még akkor is, amikor nem érdemelte meg. Szóval, most azon tűnődöm, hogy miért nekünk, nekem és a csapatomnak kellene helyrehoznunk azt, amit az egyik saját arkangyalod elszúrt?"

"Mert..." Raphael kezdte.

"Még nem fejeztem be - mondta E-Z -, azelőtt, amikor te és Eriel meglátogattátok a házamat, amikor találkozott a családommal és a csapat többi tagjával, azt hittük, hogy a mi oldalunkon áll. Látta, hogy hol élünk. Mindent tud rólunk. Miatta vagyunk nagy v eszélyben."

"Ez igaz - mondta Ophaniel.

"Tagadhatatlan, és nagyon sajnáljuk - mondta Raphael.

"Szólj Erielnek, hogy hívja vissza őket. Ő okozta ezt a zűrzavart, és neki kell helyrehoznia." Összezárt öklét a szék karfájára csapta, amitől Hadz és Reiki felugrott és megborzongott. Megveregette a leendő angyalok fejét. "Semmi baj, sajnálom, hogy felzaklattalak titeket."

"Bravó!" Hadz ujjongott.

"Hurrá!" Reiki kiáltott fel.

Raphael és Ophaniel egybehangzóan mondták: "Eriel mélyen a föld gyomrában van bezárva. Olyan helyen van, ahová ember nem merészkedhet. Egyszóval, nem lehet elérni őt."

"De mi egyszer megszöktünk a bányákból" - mondta Reiki.

"Kétszer - mondta Hadz.

"Nem a bányákban van, hanem egy másik helyen, lejjebb, nem olyan mélyen, mint a tüzekben, de egy másik helyen, ahol olyan hideg van, hogy minden jéggé válik, még az erekben folyó vér is. Egy olyan hely, ahol egyetlen ember sem maradhatna életben!

"Eriel ott is erőtlen, mivel az övéit megfosztották a hatalmától. Zár alatt van, nem lát senkit. Nem hall semmit. Soha nem engedik ki onnan - SOHA."

"Beszélni akarok vele" - mondta E-Z. "Kérdéseket kell feltennem neki - olyanokat, amelyekre csak ő tud válaszolni."

Raphael és Ophaniel azt kiabálta: "Nem teheted! Nem szabad!"

"Akkor visszavonom a csapatom támogatását. Kérlek, vigyetek vissza az otthonomba. Haruto és a többiek visszatérhetnek a családjukhoz." Elhallgatott, amikor PJ és Arden felvillant az elméjében. Ha nem tesz semmit, kómában maradnak, talán örökre.

Eszébe jutott, hogy hányszor segítettek neki. Az első napjára, amikor tolószékben visszatért az iskolába. Amikor újra elkezdett baseballozni - az összes fiú a csapatból a pályán volt, hogy üdvözöljék. Amikor átsegítették mindenen, amikor a szülei meghaltak. Egy könnycsepp hullott az arcán. Letörölte.

"TARTALMAZZA ŐT!" - dübörgött egy hang a falban.

Aztán hirtelen nagyon-nagyon hideg lett. Olyan hideg, hogy képzeletben tényleg érezte, ahogy a vér az ereiben jéggé változik.

14. FEJEZET
ERIEL A JÉGEN

TELJESEN EGYEDÜL. ANNYIRA EGYEDÜL. És olyan hideg, olyan nagyon-nagyon hideg. Mintha egy kivájt jégkocka belsejében lett volna. Amikor belélegzett, a jég megtöltötte a tüdejét.

A peremre ment. Belélegezte. Elpárásodott. Nem jégkocka volt, hanem üvegkocka. És volt rajta egy fogantyú. Úgy nézett ki, mintha éremből készült volna. Attól félve, hogy a bőre odaragad, az ingét használta, és kinyitotta.

Ami benne volt, az egy gyűjteménynyi meleg takaró, paplan, kardigán, sapka, kesztyű - a sok minden. Belenyúlt, és rétegesen felöltözött.

Ahogy beletette a karját a kardigánba, az agya visszarepült arra az időre, amikor az apja egy hasonló pulóvert viselt egy síelés alkalmával. Zöld volt, mint ez is, és kívülről karcos tapintásúnak tűnt, de belülről olyan meleg volt, mint a pirítós. Ahogy magára húzta, és begombolta az elejét, az apja kedvenc borotvakrémjének tölgyfás illata töltötte meg az orrlyukát. érezte benne az apja borotvakrémjének illatát. Erős déjà vu érzés kerítette hatalmába, amikor ujjait egy pár fekete bársonykesztyűbe dugta - olyan kesztyűbe, amelyről megesküdött, hogy az apjáé volt. Nem lehettek azonban, mivel minden megsemmisült a tűzben. Magába csavarta a karját, próbált felmelegedni. Gondolta, hogy a hideg vette át az uralmat a teste és az elméje felett.

Eltolt néhány más tárgyat, és a doboz alján egy takarót fedezett fel, amit azonnal felismert. Kézzel kötött, az anyja kötötte a kanapén éjszakáról éjszakára, és amikor elkészült, elfoglalta a helyét - a bőrkanapé háttámláján. A mozi estékre, és hogy eltakarja a szemét, ha valami ijesztő történne.

Levette a kesztyűt, és megérintette, hogy megnézze, valódi-e, majd az arcához simította. Anyja parfümjének virágos illata elérte, megnyugtatta. Egy könnycsepp futott végig az arcán, miközben visszatette a kesztyűt, majd az anyja takaróját az apja kardigánja köré tekerte. A takarót csuklyaként viselte, és szemügyre vette a környezetét.

A feje fölött, de éles tüskéikkel lefelé mutattak a jégből készült cseppkövek, mindenféle méretben és formában. Ha valamelyik leesett volna, átszúrta volna a koponyája tetejét, és egészen a lábujjáig átfúródtak volna rajta. Azt kívánta, bárcsak lett volna egy építkezési sapkája -

BINGO

És egy sárga keménykalap jelent meg a fején, aztán egy másik és még egy és még egy és még egy. Úgy érezte magát, mint Kíváncsi György, és elmosolyodott. Most már mindenre készen állt.

Egy ajtót keresett, végigkísérte a kocka falain. Egyetlen kilincs sem volt látható. Miféle börtönbe dobták be?

Végre megtalálta az éleket, a jobb oldali fal közepén. Levett egy kesztyűt, és körmével megkarcolta a felületet, amiről hamarosan kiderült, hogy egy ablak. Amit látott, attól nem lett kevésbé nyugtalan. Az ő kockája egy volt a sok közül, amelyek végignyúltak az alagútban, ameddig a szem ellátott. A saját fülkéjük üvegezett ablakai mögött egyetlen lakó sem látszott.

Rálehelt az üvegre, és felírta a szót: "SEGÍTSÉG!", visszafelé írva, hátha valaki meglátja. Aztán gyorsan letörölte, mert eszébe jutott, hogy kihez jött: Eriel.

E-Z végigment a kocka eleje mentén, a túlsó oldalra, és ismét talált egy keretet, amelyről biztos volt benne, hogy ablak. Lekaparta a felületet, és hamarosan megtalálta, akit keresett: az árulót.

Az egykor hatalmas arkangyal szánalmasan nézett ki, mintha valaki megszúrta volna egy tűvel, és kiengedte volna belőle az összes levegőt. A teste a falhoz volt rögzítve. E-Z először azt hitte, hogy a gravitáció vagy valamilyen láthatatlan erő tartja a helyén, de aztán közelebbről megvizsgálva rájött, hogy Eriel egész testét egy vastag jégtömb zárta magába. Eriel kockáját a testéhez formálták, ezért jégvíz töltötte ki alakjának minden zugát, és ő, E-Z-vel ellentétben, nem férhetett hozzá takarókhoz.

CLANK. CLANK. CLANK.

E-Z balra fordította a nyakát, amikor lépések visszhangját hallotta. Érezte, hogy a valami egyre közelebb jön, de nem látta.

CSÖRGÉS. CSATTANÁS. CSATTANÁS.

E-Z megrázta a fejét. Koncentrálnia kellett, hogy a pillanatban maradjon, és mégis, egy újabb furcsa déjà vu érzés kerítette hatalmába.

Gondolatai visszarepültek az álomra, amit nemrég álmodott egy születésnapi buliról PJ-vel és Ardennel.

Abban az álomban egy csuklyás alak érkezett, aki hasonló hangot adott ki. Az álom egy eltűnt baseballsapka megtalálásáról szólt.

Ahogy a hang fülsiketítővé vált, megpillantotta az alakot, aki egy harcos volt, az életnél is nagyobb, két kifejlett juharfa méretű szárnyakkal. Az egyik kezében arany pajzsot, a másikban kardot tartott. E-Z leplezte a szemét, amikor a fény a kard burkolatába csapódott.

KLÁNK. CLANK. CSATTANÁS.

Az arkangyali harcos megállt Eriel előtt, aki nem emelte fel a szemét, hogy találkozzon az új jövevény tekintetével.

Amíg meg nem állt, E-Z észre sem vette az arkangyal hatalmas szárnyait, amelyek, amíg ő sétált, nyugalomban voltak. Most a harcos felemelte magát, hogy az ő és Eriel arca egy szintbe kerüljön.

"Látogatód van - mondta.

Eriel tekintete továbbra is lesütötte a szemét.

"A szemed nem téveszt meg engem - mondta a harcos. "Megszégyenítetted magad. Mindannyiunkat megszégyenítettél - és mégsem sajnálod, és nem bánod meg. Beszélj hozzám! Mondd meg, miért engedjem meg, hogy egyáltalán látogatót fogadj!"

Eriel továbbra is a padlót nézte, miközben valami hallhatatlant motyogott.

"Beszélj!" - követelte a harcos.

"Valóban megbántam!" Eriel kiköpött. "Megbántam, hogy elmulasztottam..."

"Hallgass!" - követelte a harcos.

CSATTANÁS. CLANK. CLANK.

Most a harcos az üveg túloldalán állt, szemtől szemben E-Z-vel.

"Michael vagyok - mondta.

"Ööö, szia, én E-Z vagyok." Ismerte a férfi hangját. Ő volt az, aki utasította Raffaelt és Ophanielt, hogy engedjék beszélni Eriellel.

"Állj fel - mondta Michael.

"Nem tudok járni - mondta.

"Tudsz, ha én mondom - árulta el Michael -, és én mondom. Kelj fel E-Z Dickens!"

E-Z úgy érezte magát, mint egy olyan ember, aki a televízióban egy istentiszteleten gyógyulásra készül. Vonakodva felemelte magát a székéből. A lába kissé megingott, inkább a félelemtől, mint a hitetlenségtől. Elvégre Mihály volt a leghatalmasabb arkangyal. Másodpercekkel később E-Z magasan állt a jégfal belsejében.

"Beszélni kértél, azzal a dologgal, azzal a leesett dologgal ott a falon. Ő nem fog segíteni neked, mivel velejéig romlott. Pedig segítenie kellene neked. Mindannyiunknak KELL segítenie, hogy megmentse magát attól, hogy jégszoborrá váljon - ennek a helynek az állandó tartozékává."

Michael minden egyes elhangzott szóval, Michael hangjától E-Z erősebbnek és magabiztosabbnak érezte magát.

Eriel felemelte a szemét.

Egy pillanatra E-Z megpillantott ott valamit. Talán a vereséget? Talán bűntudat?

Eriel lehunyta a szemét, miközben a teste elernyedt az őt fogva tartó jégbörtönben.

"Azt hiszem, elájult - mondta E-Z.

CLANK. CLANK. CLANK.

Michael visszatért, hogy közelebbről is megnézze a jégbörtönét. Egy kígyó csúszott ki a csizmája tetejéből, és elkezdett Eriel arca felé kúszni. A lény felfelé csúszott, felfelé, villás nyelvével ide-oda mozogva, mintha vérre éhes lenne.

Mihály azt mondta: - A barátom teste olvadozva halad az arcod felé Eriel. Nem nyitod ki a szemed, és nem köszönsz neki?"

Eriel valóban kinyitotta a szemét, és amikor látta, hogy a kígyó utat tör magának a testén felfelé, felsikoltott.

"GARUUUUUUUUUUUUUUUUUUMMMMMMMMM!"

Michael csettintett az ujjaival, és a kígyó abbahagyta a mozgást. A körmével Michael lekaparta a jeget. Abban Eriel teste rezgett. Mintha áramütés érte volna.

"MMMMM,hhhhh,MMMMMMMMM!"

"Állj!" E-Z a fülét befogva kiáltott. "Kérlek!"

Michael abbahagyta a skarpolást. Felemelte a karját, mire a kígyó körbetekerte magát, és visszacsúszott a csizmája belsejébe.

"Ez a fiú kegyelmet mutat neked Eriel. Ez több, mint amit megérdemelsz."

Eriel kétségbeesetten nyögött tovább.

Michael folytatta, E-Z felé fordulva: "Öt percet adok neked, hogy feltehesd Eriel bármilyen kérdését."

Majd Erielhez: "Kényszeríthetünk, hogy beszélj vele, de jobban szeretném, ha önszántadból döntenél úgy, hogy segítesz neki. Egyszer régen úgy döntöttél, hogy megmented ennek a fiatal fiúnak az életét. Ő viszont visszafizette az adósságát. Most elárultál minket, és újra el kell nyerned a bizalmunkat."

Michael felemelte a lábát, és belerúgott a jégszerkezetbe, amelybe Eriel be volt zárva. Az megremegett, de nem repedt vagy tört össze.

"Undorodom tőled! Azt várod ettől az emberfiútól, hogy kijavítsa a hibáidat. Hogy tulajdonképpen helyrehozza a hibáitokat. Mégis esélyt akar adni neked, hogy válaszolj a kérdéseire. Szóval segíts neki. Ez az egyetlen esélyed, az egyetlen lehetőséged, hogy bebizonyítsd nekünk, hogy van még benned valami, amit érdemes megmenteni. Valamelyik részed, amelyik még nem rohadt el velejéig."

Eriel felemelte a szemét: "Felség." Újra leeresztette őket.

"Megbocsáthatunk neked, de ha úgy döntesz, hogy nem segítesz neki - az együttműködésed hiányát kellőképpen tudomásul fogjuk venni."

Eriel tekintete továbbra is a padlóra szegeződött.

"Megértetted?" Michael megkérdezte. Amikor Eriel nem válaszolt, Michael hangja dübörgött tovább: "MEGÉRTETTED?".

E-Z-nek úgy tűnt, hogy a jég körülötte mindenütt megremegett és megremegett már Michael hangjának hallatán is, és ismét hálás volt az összes sisakért, ami a koponyáját védte. Remélte, hogy elég lesz, különben örökre eltemetik ezen a helyen Eriellel és Michaellel, és soha többé nem látja Sam bácsit, vagy a barátait.

Eriel bólintott.

"Öt perc - mondta Michael.

CSÖRGÉS. CLANK. ÜTÉS.

És már el is tűnt.

Ő és Eriel egyedül maradtak.

E-Z közelebb lépett Erielhez és megkérdezte: "Hogyan győzhetjük le a Fúriákat?"

Eriel szólásra nyitotta a száját, de nem szólt semmit. Lehunyta a szemét.

"Kérlek" - könyörgött E-Z. "Kérlek, segíts nekünk."

CLANK. CLANK. CLANK.

Michael már vissza is tért. Nem lehetett öt perc - még nem. Nem tanult semmit, egyáltalán semmit Erieltől.

Eriel összeszorított fogakkal és csattogva suttogott három szót: "Használd Raphael szemüvegét."

"Mit?" E-Z felüvöltött, öklét a jégfalra csapva. "Hogyan?"

A következő pillanatban már újra a konyhaajtóban állt. Már nem viselte a szülei ruháit, de az apja borotvakrémjének és az anyja parfümjének együttes illata még ott terjengett rajta. Átölelte magát, és hallgatta, ahogy Charles elmagyarázza a történetének tanulságát.

"Az én történetem tanulsága - mondta Charles -, hogy minden jobb, ha vannak barátaid, akikkel megoszthatod".

"Ó" - mondta E-Z, amikor Samantha bejelentette, hogy a reggelit tálalják.

"Sorakozzatok fel itt. Fogjatok egy tányért, szalvétát és evőeszközöket. Szolgáljátok ki magatokat" - mondta. "Ez egy svédasztal."

Sobo azt mondta: "Sumogasubodo!" Harutónak, aki felsikoltott örömében.

"Csináltam egy kis sushit" - mondta Samantha. "Ez volt az első alkalom."

Sobo bólintott: "Köszönöm, de legközelebb hadd segítsek neked."

Samantha bólintott: "Az csodálatos lenne."

E-Z előrébb tolta a székét.

Sam bácsi suttogva sétált mellette: - Hová mentél? Úgy értem, ott voltál, és a széked is ott volt, de te is máshol voltál, nem igaz?"

"Ööö, igen, majd később elmagyarázom. Időre van szükségem, hogy feldolgozzam mindazt, ami történt. Adj néhány percet. Ja, és egyébként köszönöm."

"Miért?" Sam megkérdezte.

"A reggeliért, olyan volt, mint a régi szép időkben. Jó móka."

"Tegyünk róla, hogy hamarosan megismételjük."

"Mindenképpen" - mondta, miközben a szobája felé vette az irányt.

15. FEJEZET

OTTHON ÉDES OTTHON

MOST, HOGY EGYEDÜL MARADTAK, jó érzés volt tudni, hogy Eriel már nem jelent fizikai fenyegetést rájuk nézve. Michaelnek köszönhetően harcképtelenné vált, de csak azután, hogy mindenkit elárult.

Eriel túl messzire ment, de miért? Miért árulta volna el a saját fajtáját? Tudva jól, hogy Michael sokkal erősebb nála. Ennek semmi értelme.

POP.

POP.

"Isten hozott itthon!" - mondta.

Hadz és Reiki előtte landolt az ágyon: - Köszönöm, E-Z. Mindig kedvesen bánsz velünk."

"Sajnálom, hogy Eriel olyan szörnyű volt veled. Még jó, hogy most már be van zárva. Ezt érdemli."

"Mit gondolsz róluk?" Hadz megkérdezte.

"Nem tudom, mire gondolsz."

"Mi küldtük a ládát."

"Ó, lehet, hogy nem működött" - mondta Reiki.

"Ez te voltál?" E-Z szeme könnybe lábadt.

"Örülök, hogy épségben megérkezett" - mondta Hadz, miközben a két leendő angyal mosolya úgy húzódott végig az arcukon, hogy úgy tűnt, a többi vonásuk elhalványult.

"Nagyon szépen köszönöm. Azt hittem, minden, ami a szüleimé volt, megsemmisült a tűzben." Mély levegőt vett a könnyeivel küszködve. "Bárcsak, visszahozhattam volna ide magammal. Bár nagyon sokat jelentett, hogy még csak azért is, hogy..."

ZAP.

"Csak egy szót kellett volna mondanod. Végül is a tiéd" - mondták.

Ott volt, az ágya végében. A szülei ládája, vagy ahogy ők hívták, a takaródobozuk. Benne voltak a kincsek, amiket gyerekkorában átkutatott. És most az övé volt. Egy kézzelfogható kincsesláda, tele a szülei e mlékeivel.

"De hogyan?" - kérdezte.

"Sikerült megmentenünk néhány dolgot, úgy, hogy ki-beugrottunk, amikor égett a ház" - mondta Hadz.

"Úgy döntöttünk, hogy biztonságban tartjuk őket neked, amíg készen nem állsz arra, hogy visszakapd őket. Reméljük, az időzítés jó volt."

Mintha álmában mozdult volna a láda felé, és kinyitotta a fedelét. Apja pézsmás-fás after shave-jének illata, amely anyja édes-citromos parfümjével keveredett, öleléskent üdvözölte. Óvatosan, nehogy az egész egyszerre kiszabaduljon, óvatosan becsukta a fedelet.

"Nem tudom eléggé megköszönni nektek. Soha nem leszek képes megköszönni nektek. Majd mindent átveszek, egy másik alkalommal. Még egyszer nagyon szépen köszönöm mindkettőtöknek." Kitárta a karját, és a két leendő angyal belerepült.

"Túlságosan nyálas - mondta Hadz.

"Mondta már valaki; le kell vágatni a hajad?" Reiki megkérdezte.

E-Z ujjával megfésülte a haját, és végigsimított a középső részen, amely a jéghideg gyomrában való tartózkodás miatt úgy állt fel, mint a sörték a kefén. "Jobban?"

"Egy kicsit" - mondta Hadz.

"Oké, koncentrálnom kell. A többiek hamarosan itt lesznek, hogy tájékoztassanak az Eriel helyzetéről. Mesélnem kell nekik Michaelről. Szerinted lenyűgözi őket, hogy találkoztam vele?"

"Nem számít, hogy lenyűgözte-e őket" - mondta Hadz. "Ami számít, az az, hogy Eriel mondott-e neked valami érdemlegeset?"

"Igen, de még mindig próbálom kitalálni, hogy mire gondolt."

"Mondd el, talán meg tudjuk oldani a rejtélyt!"

"Mit értett ki?" Kérdezte Alfréd, miközben a csőrét a szobába dugta.

"Gyertek be" - mondta E-Z.

Alfréd bebattyogott. Költési időszak volt, és néhány toll lobogott mögötte. "Helló Hadz, helló R eiki".

"Sziasztok" - válaszolták.

"Hosszú történet, de hogy rögtön a lényegre térjek, visszahívtak a silóba, ahol Raphael és Ophaniel tájékoztattak egy Eriellel kapcsolatos helyzetről. Minden oldalról dolgozott. Úgy tett, mintha velünk, az arkangyalokkal és a Fúriákkal szövetkezett volna. Ne aggódjatok, az árulását felfedezték, elfogták és bebörtönözték. Mihály arkangyal főangyal őrzi, aki megengedte, hogy röviden beszéljek Eriellel".

"És mit mondott Eriel?" Alfréd érdeklődött.

"Csak egy kérdésre volt időm feltenni neki. Megkérdeztem tőle, hogyan győzhetnénk le a Fúriákat. Ezért jöttem ide, hogy átgondoljam, amit mondott."

"Á, szóval egyedül akartál lenni?" Kérdezte Alfréd. "Gyere Hadz és Reiki, adjunk E-nek egy kis nyugalmat és csendet." Az ajtó felé indult, de ők ott maradtak, ahol voltak.

"A megoldott probléma közös probléma" - énekelték.

"Igaz. És ez volt Charles történetének a tanulsága."

"Rendben, gyűljetek körém." Szünetet tartott, aztán azt mondta: "Eriel azt mondta, hogy használjuk Raffael szemüvegét."

"Igaz, ennyi?" Mondta Alfréd. "Már értem, miért nem vagy biztos benne, hogy mire gondolt. Nagyon homályos."

"Tudom. És azt sem mondta, hogyan kell használni őket."

Hadz odahajolt, és súgott valamit Reikinek.

POP.

POP

És eltűntek.

"Talán kezdjük elölről. Mondd el pontosan, mit mondott neked Eriel."

"Már megtettem. Azt mondta, használd Raffael szemüvegét. Ennyi volt. Mihály egy időzítő órára állított minket. Először azt hittem, Eriel egy szót sem fog szólni. Kimondta azt a három szót, és az idő lejárt. A következő dolog, amire emlékszem, hogy megint itt vagyok."

Alfréd fel-alá járkált, és észrevette a takaródobozt az ágy végében. "Akkor ez mi?"

"A szüleimé volt" - mondta E-Z a zokogással küzdve. "Hadz és Reiki mentette ki a tűzből. Csak azt mondták, hogy miattam mentették meg - még az életüket is kockáztatták."

"Ez annyira - könnyezett el -, annyira figyelmes volt tőlük. Te már túl vagy rajta?"

"Nem, de majd fogok."

"Milyen volt Michael?"

"Sokat csattogott járás közben. Arra az álomra emlékeztetett, amit PJ-ről, Ardenről és a guillotine-ról álmodtam."

"Ó, emlékszem, hogy meséltél nekünk arról az álomról. Olyan ijesztő volt, mint a hóhér?"

"Michael nagyon mérges volt, és jogosan. Eriel elárulta őt, az összes arkangyalt és minket is. Amit nem értek, az az volt, hogy mi érhet meg egy ilyen kockázatot?"

"A hatalom - egyesek bármit megtennének érte. De azt kell kitalálnunk, hogyan használhatnánk Raffael szemüvegét arra, hogy megállítsuk a tervet, amit Eriel és a Fúriák hoztak létre."

E-Z levette az arcáról. Amikor viselte, a vér nem lüktetett és nem mozgott a keretekben, mint amikor Raffaello viselte. Rajta olyan volt, mint bármelyik másik szemüveg.

"Parancsolj a szemüvegnek, hogy csináljon valamit - javasolta Alfréd.

"A szemüveg eltűnik" - parancsolta E-Z.

Eldobta őket, és a földön landoltak.

E-Z felsóhajtott. Két fej ebben az esetben biztosan nem volt jobb, mint egy. Elnevette magát.

"Jó volt újra látni Hadzot és Reikit. Itt maradnak, hogy maradjanak? Úgy értem, hogy segítsenek nekünk?"

"Igen, de mostanában sok mindenen mentek keresztül, és lehet, hogy PTSD-ben szenvednek - ez a poszttraumás stressz zavar."

"Igen, tudom. Mi történt?"

"Eriel történt, ez történt. Káoszt és pusztítást okoz a Földön és mindenhol máshol is, ahogy hallom." E-Z szünetet tartott. "Mi lenne, ha a szemüveggel megváltoztatnám az alakomat?"

"És mit csináljak?"

"Ha meg tudnám változtatni az alakomat, Erielként meglátogathatnám a Fúriákat."

"Az csak akkor működne, ha nem tudnák, hogy elkapták" - mondta Alfréd.

"Igen, de ha nem tudnák. Gondolj bele, mekkora kárt tudnék okozni. Bemehetnék oda. Azt hinnék, hogy az ő oldalukon állok. És ellenük fordulhatnék. BAM, kiütném őket a parkból!"

POP.

POP.

"Túl veszélyes lenne!" Hadz felsikoltott.

"Túlságosan is veszélyes lenne!" Reiki visszhangozta.

"Különben is, van egy másik ötletünk."

"Mondd el nekünk" - mondta E-Z.

"Újraalkották A Fehér Szobát, úgyhogy visszamentünk oda, hogy megnézzük, vannak-e könyvek Raffaello szemüvegéről."

"És? Volt ott könyv?"

"Nem" - mondta Hadz.

"De ezt találtuk" - mondta Reiki.

Egy aprócska könyvecske volt, körülbelül akkora, mint E-Z mutatóujjának a vége. A gerincén ez állt: Raffaello első könyve.

Hadz és Reiki lapozgatta a lapokat, mivel a könyv tökéletes méretű volt ahhoz, hogy ketten együtt tartsák.

"Itt az áll - olvasta fel hangosan Hadz -, hogy Raffaello célja az volt, hogy meggyógyítsa a Földet, amelyet a bukott angyalok bemocskoltak".

"Emlékszel, Raffaello azt mondta, hogy csak akkor hívhatom őt, ha közeleg a vég? Talán a szemüveg is csak akkor tárja fel előttem az erejét, amikor szükség van rá."

"Pontosan" - értett egyet Hadz és Reiki.

"Azt hiszem, szükségünk van egy ötletbörzére a többiekkel, de az ötleted, hogy változtassuk meg a külsődet Erielére, jó ötlet - mondta Alfréd. "Csak azt kellene kitalálnunk, hogyan támogassunk, amikor ezt csinálod - hogy biztonságban legyél."

"Ez egy rossz ötlet" - mondta Hadz.

"Nagyon rossz ötlet!" Reiki mondta.

"Hogyhogy?" Alfréd érdeklődött.

"Először is, nem tudod, mit tudnak a Fúriák."

"Vagy nem tudják."

"Másodszor, lehet, hogy ez egy csapda."

"Egy csapda, amit Eriel és a Fúriák szerveztek."

"Harmadszor, és ez a legfontosabb."

"Eriel retteg Michael-től."

Egybehangzóan azt mondták: "Raffaello szemüvege mindenhez a kulcsot rejti. Eriel megbocsátást és megváltást kér Mihálytól és a többi arkangyaltól. Ez az egyetlen reménye. Te vagy az egyetlen reménye. Ezért hisszük, hogy az igazat mondta neked."

"De mi van, ha a Fúriák nem tudnak Eriel - helyzetéről? Amíg ők a sötétben tapogatóznak, addig nekünk itt előnyünk van" - mondta Alfréd.

"Egyetértek - mondta E-Z.

Lia bedugta a fejét a szobába, őt követte a banda többi tagja. "Mi a helyzet?" - kérdezte.

"Gyertek be, és elmagyarázom. Ja, és csukd be az ajtót magad mögött."

"Kétesnek hangzik" - mondta Lia. Észrevette Hadzot és Reikit, és intett nekik. Aztán becsukta mögöttük az ajtót, és bezárta.

16. FEJEZET
MI A KÖVETKEZ ?

"**F**OGLALJATOK HELYET, HELYEZZÉTEK MAGATOKAT kényelembe" - mondta, miközben mindenki az ágyára kuporodott. "Először is, azoknak, akik még nem találkoztak velük - ő Hadz, ő pedig Reiki. Ők barátok és leendő angyalok. Azért lettek kijelölve, hogy segítsenek nekünk."

Haruto meghajolt, Lachie pedig azt mondta: "Szép 'napot!". Charles és Brandy kezet fogtak velük.

Miután mindenki hivatalosan is bemutatkozott, a csapat leült az ágy szélén. E-Z szerint úgy néztek ki, mint a buszra várakozó utasok.

"Mindannyian azért vagyunk itt, hogy legyőzzük a Fúriákat. De van néhány aktuális információ, amit figyelembe kell vennünk. Mielőtt továbblépnénk."

"Ezt hogy érted?" Lia megkérdezte. "Arra célzol, hogy esetleg kihátrálhatnánk?"

E-Z megköszörülte a torkát.

"Az a legjobb, ha hagyod, hogy mindent elmondjak, aztán kérdezhetsz. Valószínűleg ezzel kellett volna kezdenem. De még magam is mindent feldolgozok." Tétovázott. "Úgy értem, adj egy kis időt, mert ez egy kényes helyzet, és még nehezebb megmagyarázni."

Mindenki bólintott, így folytatta.

"Erielt őrizetbe vették az arkangyalok. Elárulta őket, és elárult minket. Már nem jelent veszélyt ránk, de veszélyeztette a küldetésünket. A probléma az, hogy nem tudjuk, mennyire. De többet tudunk a szándékairól - hogy minden lehetséges eszközzel megszerezze a Föld feletti uralmat. Az arkangyalok ellen szállt szembe ezért, ez már némi kockázatot jelentett - még akkor is, ha a Fúriák az oldalán álltak."

Mindenki hallható zihálására egy-két pillanatnyi szünetet tartott, mielőtt folytatta.

"Az arkangyalok hátat fordítottak neki. Találkoztam Mihállyal, aki az arkangyalokat vezeti, és ő undorodott Erieltől. Eriel pedig rettegett tőle."

Újabb hallható zihálás.

"Az A tervünk az volt, hogy csapdába csaljuk a Fúriákat a játékkörnyezetben. Eriel tisztában volt ezzel a tervvel. Sőt, bátorított minket, hogy folytassuk.

Tehát tovább kell lépnünk a B tervre. Maga a tény, hogy tudott az A tervről, elég ahhoz, hogy elvetjük azt."

Újabb zihálás és egy "Jaj, ne!".

"Szóval, B terv. Tudom, hogy a nyilvánvaló dologra gondolsz: vagyis, hogy nincs B tervünk. Nos, nem is volt. De most már van. Megdöbbensz, ha megtudod, hogy a B-tervünk az árulónk szájából származik?"

Mindenki bólintott.

"Ahogy már korábban is mondtam, találkoztam Michaellel. Ő volt az, aki azt javasolta Eriel-nek, hogy engedékenységet kaphat, ha, és csakis akkor, ha segít n ekünk.

"Michael csak öt percet adott nekünk együtt. És az idő nagy részében Eriel nem mondott semmit. Aztán, amikor éppen lejárt volna, három szót mondott: "Használd Raffaello szemüvegét" - ennyi volt. Valamikor később eszembe jutott, hogy Raffael azt mondta, hogy Charles lehet a titkos fegyverünk, így a szemüveggel két fegyverünk lehet, amiről ők nem tud nak."

Charles zihált.

E-Z egy biccentéssel nyugtázta Charles-t.

"De mielőtt leszűkítenénk a kört, és ötletelünk, meg kell néznünk a nagy képet, és el kell döntenünk, hogy ez a mi harcunk-e. Ha ez olyasmi, amiben még mindig, mint csapat akarunk részt venni.

"Eriel miatt vagyok ma életben. Megmentett, majd azt mondta, hogy tartozom neki és a többi arkangyalnak. Hogy visszafizessem ezt az adósságot, számos próbát teljesítettem. Alfréd és Lia jöttek, és együtt megalakítottuk a Hármast. Aztán a kérésükre elváltunk.

"Létrehoztuk a saját szuperhősös honlapunkat, és segítettünk az embereknek. Egészen addig, amíg az arkangyalok a segítségünket nem kérték a Lélekfogó kalózok legyőzéséhez. Idővel megtudtuk, hogy kik ők: A Fúriák, hatalmas és gonosz görög istennők, akik visszatértek.

"Hadz és Reiki elvittek egy kis felderítésre, hogy megmutassák a főhadiszállásukat a Halál-völgyben. Ott saját szememmel láttam a gyermekek lelkével teli konténerek felhalmozását. Később PJ-t és Ardent elvették tőlünk. Az állapotuk nem változott. És Raphaelnek köszönhetően első kézből láttuk azokat az undok istennőket munkájuk közben.

"A fúriák méltó ellenfelek. Ha harcolunk ellenük, meghalhatunk. Ez persze nem a legfrissebb információ, de megéri-e kockáztatni az életünket most, hogy Eriel elárult minket?

"Mindent figyelembe véve, és különösen azt, hogy két titkos fegyver áll mellettünk. Bár olyan fegyverek, amelyekről nem tudjuk, hogyan tudjuk használni. Talán jó helyzetben vagyunk ahhoz, hogy megnyerjük ezt a harcot. Feltéve, ha összetartunk, és ha fedezzük egymást. Ha hajlandóak vagyunk még mindig kockára tenni az életünket a nagyobb jó érdekében. A Föld javáért, a Föld megmentéséért. Mit szóltok hozzá?"

A következő pillanatban már mindenki - Alfréd kivételével - az ágyon ugrált és azt mondogatta: "Egy mindenkiért és mindenki egyért!".

E-Z felemelte a kezét. "

"Mindenki, aki a Fúriák elleni harc mellett van, mondja: Igen."

A döntés egyhangú volt.

Sobo bekopogott az ajtón, és megkérdezte: "Talán én is segíthetek".

17. FEJEZET

KÉRDEZZE CHARLES DICKENS

BRANDY HALLHATÓAN GÚNYOLÓDOTT, AMINEK hatására a teremben mindenki a lány irányába nézett. Most, hogy mindenki figyelmét magára vonta, megkérdezte: "És te, egy idős ember, hogyan fogsz segíteni a mi szuperhős gyerekcsapatunknak, hogy legyőzzék a három hatalmas gonosz istennőt?".

Egy zihálás csengett végig a teremben, aminek hatására Haruto gyorsan odébbállt Sobo mellé. Megragadta a lány kezét, és a szívéhez szorította.

Sobo, akit nem zavart Brandy tudatlansága, japánul suttogott megnyugtató szavakat az unokájának.

"Kérj bocsánatot - követelte E-Z.

"Semmi baj - mondta Sobo. "Igaza van, lehet, hogy nem vagyok olyan szuperhős, mint ti, de ebben az életben mindenkinek van valami, amit adhat."

"Sajnálom, Sobo" - mondta Brandy. Nem állt meg itt. "Úgy értettem..."

"Fogd be!" Lia felkiáltott. "Gyere be Sobo."

"Minden segítség jól jön" - mondta E-Z.

Charles felállt, és felajánlotta a helyét Sobónak és Harutónak.

"Köszönöm - mondta Sobo, és néhány pillanatig szótlanul ültek egymás mellett az unokájával.

"Elég jól érzed magad?" Haruto megkérdezte.

"Igen, kicsim - mondta Sobo. "Nekem is van egy szupererőm. Ezt a szupererőt úgy hívják, hogy átalakulás. Sok életet éltem már, és sok szerepet játszottam... minden egyes életemben tanulok valami újat. Nyitott vagyok a tanulásra, erről szól az élet. Felajánlom az életemet; bármit megtennék, hogy megmentselek. Mindannyiótokat."

"Még engem is?" Brandy megkérdezte.

Sobo felnevetett. "Különösen téged, gyermekem."

Brandy átment a szobán, és átkarolta Sobo nyakát. "Köszönöm. De miért pont én?"

Haruto felállt, és csípőre tett kézzel felkiáltott: "Mert te egy őrült vagy!".

Mindenki nevetett, Brandy is.

Sobo azt mondta: "Mert te rettenthetetlen vagy. Igen, félelmetlennek lenni erős érzelem, de meg kell tanulnod türelmet. Mindkettőre szükséged van, hogy túlélj ebben a világban. Ha mindkettővel rendelkezel, akkor még inkább számolni kell veled. Az élet a változásról szól, önmagadat belülről kifelé, kívülről befelé. Tanulj. Növekedj. Olyanoknak kell lennünk, mint a fák, változni az évszakokkal, hajladozni a s zéllel."

"Olyan gyönyörű" - mondta Charles.

"De a világ tele van jóval és gonosszal egyaránt" - mondta Sobo. "Ennek így kell lennie. Az egyiknek léteznie kell ahhoz, hogy a másik létezzen. És nekünk, neked és nekem és itt mindenkinek, csak a jó oldalán kell harcolnunk. Ebben a világban csak egy győztes lehet. Ennek a győztesnek az egész emberiség javát kell szolgálnia."

Sobo elhallgatott. Míg ő levegőhöz jutott, a többiek csendben maradtak, és várták, hogy folytassa.

"Azért vagyok itt - folytatta Sobo -, hogy üdvözletet hozzak Rosalie-tól".

"Te és Rosalie, Sobo, de hogyan?" Lia érdeklődött.

"Rosalie álmomban jött el hozzám. Honnan tudtam, hogy ő az? Mert ő mondta nekem. Az álmok hatalmas egyesítő erővel bírnak. A szellemek átjárják a világokat, és elvegyülnek közöttünk, hogy velünk legyenek, vagy hogy olyan dolgokat mondjanak el nekünk, amikről nem tudunk, például figyelmeztetéseket, előérzeteket. Rosalie segíteni akart nekünk a harcban, harcolni és győzni."

"Igen - mondta E-Z. "Gyakran álmodom a szüleimről. Néha felfednek nekem dolgokat, vagy olyan dolgokat mondanak, amikről ők nem tudhattak. Hacsak nem osztják meg velem az é letemet."

"Igen, a szerelem olyan erős érzelem, amelynek nincsenek határai. Akit szeretsz, az keresni fog téged, megtalál, segít neked, még a legsötétebb időkben is."

"Ő - kérdezte Lia - boldog?"

Sobo elmosolyodott. "A boldogság nem minden. Hadd mondjam el neked, hogy ő önmaga. Ez minden, amit igazán tudnod kell. És mint önmaga, mint olyan edény, aki szintén csak a jó oldalán harcol, hisz önben, Charles Dickens úr. Ön a mi erőnk."

"Én?" Charles megkérdezte.

"Igen, Charles. Vigyél minket a könyvtárba. A felhők könyvtárába."

"Még sosem hallottam róla. Nem tudlak elvinni oda. Biztos összekevert valamelyikükkel."

"Milyen könyvtár?" Brandy megkérdezte.

"És miért van a felhők között?" Lia érdeklődött.

"Én már jártam ott" - mondta Sobo. "Nagyon régi és védett... csak azok tudják, akik ismerik."

"Én nem tartozom közéjük" - mondta Charles.

"Csak egy kis segítségre van szükséged" - mondta Sobo. "Add oda neki Raffaello szemüvegét, és akkor, akkor ő is tudni fogja."

"Várj egy percet" - mondta E-Z. "Hogy kerültél oda?"

"Nem hiszel nekem?" Sobo elmosolyodott. "Rosalie vitt oda álmomban... ő egy szellem... és álomjáróként v ezetett."

"Biztos vagy benne, hogy nem egy emlék volt, amit a Fehér Szobáról mesélt?"

"Biztosan nem. Honnan tudom ezt?" Sobo megkérdezte. "Mert Rosalie azt mondta nekem, hogy soha nem akar visszatérni arra a helyre, ahol azok a gonosz nővérek meggyilkolták."

"Ennek van értelme, és mégis, valami, amit Raphael mondott arról, hogy soha nem adja át a szemüveget

- senkinek -, aggaszt, hogy a kívánsága ellenére megyek."

"Mi van, ha Rosalie nem tartozik azok közé, akiknek tudomásuk van róla?" Sobo érdeklődött. "El kellene hagynunk ezt a lehetőséget, hogy növeljük az esélyeinket a Fúriák legyőzésével szemben, azzal, hogy visszautasítjuk Rosalie, egy megbízható barátunk és bizalmasunk legfrissebb információit?"

"Előbb mondd el - mondta E-Z -, milyen volt?"

Sobo lehunyta a szemét. "Képzelj el egy olyan időszakot, amikor csak a zuhanyzóban vagy a kádban kapcsoltad fel a forró vizet, ventilátor nélkül, nyitott ablak nélkül. Kimentél a szobából valamiért, és becsuktad az ajtót. Amikor később kinyitottad, a szoba megtelt gőzzel, és amikor beléptél, nem láttál semmit - először. De a szemed alkalmazkodott, és aztán mindent láttál. Ugyanígy volt velem is, amikor először léptem be a Felhőkönyvtárba".

Kinyitotta a szemét. "Képzeld el a felhő belsejét, ahol könyvek léteztek. Minden egyes megírt, kiadott könyv mind ott van előtted. Elolvasható, elvihető, tanulható. Ilyen volt a Felhőkönyvtárban. És most mindannyiunknak el kell mennünk, hogy a saját szemünkkel lássuk. Még ma."

"Varázslatosan hangzik" - mondta Charles. "El akarok menni. Mindannyiótokat el akarlak vinni da."

"Túl szépen hangzik ahhoz, hogy igaz legyen" - mondta Brandy.

Sobo elmosolyodott.

E-Z tétovázott, mielőtt levette a szemüveget, és átadta Charlesnak.

"E-Z - mondta Sobo -, Rosalie azt mondta, hogy Charles a kivétel Raphael szabálya alól. Emlékszel még? És ő volt az, aki elárulta, hogy Charles a titkos fegyverünk."

E-Z bólintott, és átadta a szemüveget Charlesnak.

Charles habozás nélkül feltette. Ahogy a füle mögé dugta, a kereteken lévő színek minden ismert színben lüktettek. Minden szín, kivéve a vöröset. Amikor a szemüveg a fű zöld árnyalatára állt be, Charles nyaka balra jobbra balra jobbra balra balra csavarodott. Kiegyenesedett, és előre bámult.

"Készen állok - mondta. "Fogjátok meg egymás kezét, hogy összekapcsolódjunk, és én elviszlek titeket oda."

"Várjatok meg minket!" Hadz és Reiki felkiáltottak, ahogy felugrottak E'Z vállára, és kapaszkodtak az életükért. Pillanatokkal később senki sem ment s

ehova.

18. FEJEZET
MI ROMLOTT EL?

"**N**EM ÉRTEM - MONDTA Charles. "Láttam a fejemben. Talán utasításokra van szükségem, vagy néhány varázsszóra. Mondott Rosalie valami különlegeset, amit meg kell tennem, azon kívül, hogy felrakom Sobóra a szemüveget?" Charles érdeklődött.

Sobo megrázta a fejét. "Próbálj ki valami mást."

"Vigyél minket a Felhőszobába!" - követelte.

Ezúttal csoportként mindenki megingott, mintha valaki kinyitott volna egy ablakot.

"Csukjátok be a szemeteket" - mondta Charles. "Mindenki készen áll?" Mindenki bólintott. Behunyta a szemét, miközben a szuperhősök csoportja plusz Sobo szétszóródott.

"Valami érzés, más" - mondta Lachie kinyitva a szemét. "Én is másképp érzem magam."

E-Z is furcsán érezte magát, ahogy kinyitotta a szemét. Hadz és Reiki most horkoltak. Furcsa időpontnak tűnt, hogy szundikáljanak. És, mi volt még más? Raphael szemüvege színtelen volt. Miért? Korábban még soha nem fordult elő ilyesmi. És még? Alfréd - hol a fenében volt Alfréd?

"Alfred? Hol vagy?"

Lia könnyekben tört ki.

"Miért sírsz?" E-Z kérdezte.

"Mert nem látok semmit, a kezemmel sem. Már nem."

"Charles. A szemüveg" - mondta Brandy.

"És mi van a...?" Levette.

Befogták a fülüket, miközben Sobo hátravetette a fejét, és úgy jajgatott, mint egy banshee, amíg a lágy zenekari zene el nem nyomta a sírását, és mindenki elaludt.

✲✲✲

MOST, HOGY AZ IKREK aludtak, Samantha és Sam azon tűnődtek, hogyan zajlik a megbeszélés az E-Z szobában. Amikor megérkeztek, az ajtó zárva volt, és senki sem válaszolt, amikor kopogtak.

"Ez furcsa - mondta Sam. "E-Z soha nem zárja be az ajtót.

"Hozd a kulcsot" - mondta Samantha.

Samnek rossz előérzete támadt, amikor bedugta a kulcsot a zárba.

Sam és Samantha végignézte, ahogy Sobo, Brandy, Lia, Lachie, Haruto, Charles és E-Z úgy bámult előre, mint manökenek egy kirakatban.

"Alig kapnak levegőt - mondta Sam.

"És hol van Alfred?"

"És miért viseli Charles Raphael szemüvegét?"

"Meg vagyok rémülve" - mondta Samantha, és a férje kezét a sajátjába fogta.

"Nem hiszem, hogy itt bármit is meg kellene zavarnunk" - mondta Sam. "Az az érzésem, hogy valami olyasmi folyik itt, amiről nem tudunk."

"Ez hátborzongató."

"Mi az?" Kérdezte Sam, észrevéve a dobozt E-Z ágyának végén. "Ezt nem hiszem el! Ez nem lehet." Lehajolt, felemelte a láda fedelét, amit már sokszor látott a bátyja szobájában. Azt a ládát, amelyről azt hitte, hogy a tűzben megsemmisült. Ahogyan az E-Z-vel történt, a benne lévő illatok által keltett emlékek is felszínre törtek, és elöntötték az érzelmek.

"Menjünk innen - mondta Samantha. "Odakint többet tudsz mesélni a ládáról."

"Adjunk neki egy kis időt. Hamarosan felébrednek, és..."

"Nem hiszem, hogy van más választásunk" - mondta Samantha, miközben becsukták maguk mögött az ajtót.

19. FEJEZET
CLOUD SZOBA

CHARLES EGY PILLANATIG ÁLLT, és szemügyre vette a környezetét. Rossz helyre hozta őket? Ő és a többiek (akik mind aludtak) magasan az égen voltak, egyetlen felhő sem látszott. Egy üvegből készült emelvény közepén szálltak le. Fogalma sem volt, hogyan tartották fenn. Észrevette, hogy E-Z kerekesszéke előre gurul, ezért odasietett hozzá, és felébresztette.

"Hol vagyunk?" - kérdezte, és felrázta Hadzot és Reikit, akik még mindig mélyen aludtak a vállán.

"Ébresztő! Ébresztő!" Parancsolta Charles.

Egyenként kinyitották a szemüket, majd rájöttek, milyen magasan vannak, és egymásba kapaszkodva próbáltak nem mozdulni. Próbáltak nem lenézni az üvegtáblán keresztül, ami megakadályozta, hogy a földre zuhanjanak.

"Bárcsak lenne ennek az izének korlátja!" Kiáltott fel Lia. Most már mindent látott, de egy része azt kívánta, bárcsak ne látná.

"Mi tartja fent, erre nem tudok rájönni" - mondta Charles.

"Sosem voltam b-nagy rajongója a magasságnak" - mondta Brandy, miközben megragadta a hozzá legközelebbi elérhető kezet, ami Charlesé volt.

"Ó" - mondta, miközben érezte, milyen hideg a lány keze.

"Odarepülök, és megnézem" - mondta E-Z, és elrepült, körbejárta az emelvényt, amely mintha a semmiből nőtt volna ki, és semmi sem tartotta, és semmilyen horgony nem tartotta a helyén.

Haruto belekapaszkodott a nagymamája kezébe. Ő lassabban ébredt, mint a többiek. Amikor úgy tűnt, teljesen magához tért, csak annyit mondott: "Jaj, ne!". Újra és újra.

"Ez nem a Felhőszoba, ahová Rosalie elvitt téged, ugye?" Charles megkérdezte.

Sobo tett egy, két lépést, miközben a gyerekek belekapaszkodtak. Lehunyta a szemét, szorosan összeszorította, majd újra kinyitotta.

"Mit csinálsz?" Brandy érdeklődött.

"A könyveket keresem - mondta Sobo. "Ha ez az a hely, akkor itt könyveknek kell lenniük. Rengeteg könyvnek. Nem látok egyet sem. Egyet sem."

E-Z, aki még mindig a peron szerkezetét vizsgálta, megkérdezte: "Úgy érzi, jó helyen járunk? Lehet, hogy a könyvek álcázva vannak? Látja őket valaki?"

Mindenki nemlegesen rázta a fejét, még Hadz és Reiki is, akik eddig a pontig egy szót sem szóltak kettejük között.

"Rossz, rossz előérzetem van ezzel a hellyel kapcsolatban" - énekelte Hadz és Reiki egybehangzóan.

Charles habozott, mielőtt megszólalt volna. "Egy könyvtárat láttam a fejemben, amikor feltettem a szemüveget, és Sobo így írta le nekünk. Nem volt üvegpódium. Ez a hely nem olyan, amilyennek elképzeltem. Először azt hittem, hogy a szemüveg tévedett, de most, ha Hadz és Reiki rossz érzéseket kelt, és Sobo is, akkor azt hiszem." Sobo bólintott, és észrevette, hogy a lány remeg. "Azt hiszem, el kell tűnnünk innen a fenébe - méghozzá gyorsan."

E-Z észrevette, hogy Alfred hiányzik. "Tudja valaki, mi történt Alfréddal? Mindannyian érintéssel voltunk összekötve, amikor idejöttünk. Hogyan tudott kötődni?" Most vette észre, hogy Hadz és Reiki mintha nem lenne magánál. Szinte mintha elkábították volna őket, mivel a szemük hátrahőkölt a fejükben, és nehezen maradtak ébren.

"A hattyúknak nincs ujjuk, hogy megérintsék" - énekelte a két wannabe angyal egybehangzóan. Nevetésben törtek ki, és addig pörögtek körbe-körbe, amíg túlságosan megszédültek ahhoz, hogy a levegőben maradjanak, és egy CSATTANÁssal lezuhantak az üvegpadlóra.

"Oké Charles, ennyi bizonyíték elég nekem. Vigyél haza minket újra - most."

Charles, aki levette Raffaello szemüvegét, és most visszatette, azzal a szándékkal, hogy követi E-Z utasításait, felkiáltott: "Ó, ott vannak!".

"Most már látod a könyveket?" Sobo megkérdezte.

"Amikor először megérkeztünk, nem tudtam, de most már igen. Most mit kellene tennem?"

"Ennek semmi értelme - mondta Sobo -, miért lennének neked álcázva, aztán felfedve? Rosalie nem említette ezeket a dolgokat."

"Azt hiszem, az itteni levegő hatással van az agyunkra" - mondta E-Z. "Kezdem úgy érezni, hogy nem vagyok magamnál, szédülök. Jobb, ha eltűnünk innen, méghozzá pronto, különben arccal lefelé végezzük a peronon, mint Hadz és Reiki."

Charles kinyújtotta a kezét, és egy könyv repült bele, amit az ingébe gyömöszölt. "Vigyél vissza minket!" - kiáltotta. Ahogy az első próbálkozásnál, most sem történt semmi.

"Talán kézen kellene fognunk egymást - mondta Sobo. "És újra becsukni a szemünket."

Mindkettőt megtették, és azonnal hatalmas széllökések kezdték fújni őket a peronon. Összebújtak, mint egy focicsapat a nagy meccs előtt, egymásba kapaszkodva. A lábukat a dobogóra tolták, remélve, hogy nem repülnek el.

E-Z törte a fejét, próbált kitalálni egy kiutat. Vajon az egyetlen lehetőség kihasználva az egyetlen esélyt, hogy megidézze Raffaelt, hogy jöjjön a megmentésükre? Charlesra pillantott, aki mintha elhalványult volna. "Charles!" - kiáltotta, majd észrevette, hogy a válla fölött gyorsan közeledik feléjük Baby, Little Dorrit és Alfred.

Alfréd felsikoltott: - Ki kell vinnünk innen - most azonnal. Ez a hely olyan, mint egy világítótorony, amely megvilágít téged, hogy az egész világ lássa, beleértve a Fúriákat is!"

Sobo zokogott: "Nem tudtam, hogy Rosalie-t csapdának használják."

"Charles látta a könyveket, és még egyet meg is kapott. Menjünk biztonságba. Senki sem hibáztatható. A szándékaid mind jó szándékúak voltak" - mondta E-Z.

"Köszönöm" - mondta Sobo, miközben ő is kezdett elhalványulni, akárcsak Charles. Brandy megfogta a kezét, és szorosan tartotta, amíg Sobo nem halványult tovább.

Alfred azt mondta: "Gyerünk!"

Lachie felpattant Baby hátára, magával húzta a reszkető Charles-t a fedélzetre, és már repültek is. Az inge belsejében az ott tartott könyv kitágult, és az inge két gombja lerepült. Egyik karjával erősen tartotta a könyvet, a másikkal pedig Lachie-re, miközben Baby felvette a tempót.

Kis Dorrit meghajolt anélkül, hogy a peronhoz ért volna, hogy a többiek felszállhassanak, miközben E-Z megragadta Hadzot és Reikit. Felszálltak, Alfréd és E-Z egymás mellett repült, miközben az ég kékből feketévé változott, feketéből kékké, feketévé, és előbújtak a csillagok, de nem csillagok voltak. Szemgolyók voltak. Booger tüzelő szemgolyók, mint amilyenekkel a Halál-völgyben találkozott, amikor először találkozott a Fúriákkal.

SPLAT. PATT. SPLAT.

SPLAT. SPLAT. SPLAT. SPLAT.

SPLAT. SPLAT. SPLAT. SPLAT. SPL-

Charles torkaszakadtából üvöltötte: "HAZA!" És ezúttal bejött. Újra otthon voltak. Biztonságban.

Haruto átkarolta a nagymamáját.

"Annyira örülök, hogy újra itthon lehetek" - mondták mindketten a másiknak.

Pillanatokkal később megérkezett Sam és Samantha.

✳✳✳

"**L**áttuk a testeteket a szobátokban aludni. Nem tudtuk, mit tegyünk" - mondta Sam.

"Ez egy hosszú történet - mondta E-Z.

Sobo megkérdezte Charles-t: "Sikerült megtartanod a könyvet?" "Persze - mondta Charles, és felemelte. Nagy kötet volt, keménykötésű, vastag gerinccel, amit mindenki láthatott és olvashatott -

Nagy várakozások Charles Dickens tollából.

"Az egyik saját könyvedet hoztad vissza?" Brandy felkiáltott.

Lachie gúnyolódott.

"I..." Charles mondta. "Azt mondtad, hogy válasszak ki egy tetszőleges könyvet, és ezt az egyet véletlenszerűen ragadtam meg."

"Minden okkal történik" - mondta Lia.

"De ez már tényleg túlzás" - kiáltott fel Brandy.

"Mindenki nyugodjon meg" - mondta E-Z. "Charles a körülményekhez képest a legjobbat tette - és legalább Ő láthatta a könyveket. Egyikünk sem tudta."

"A Nagy várakozások" - mondta Alfred - "egy grrr-zabálós könyv!" Úgy hangzott, mint Tony, a tigris brit változata a gabonapehelyreklámokban.

"Igaza van" - értett egyet Sam és Samantha. "Ez az egyik legjobb regény, amit valaha írtak."

Charles levette Raphael szemüvegét, és visszaadta E-Z-nek, aki azonnal feltette. Megrázta a fejét, de a Charles kezében tartott könyv címe még mindig más volt. Hangosan felolvasta az új címet,

"Az álmok mezeje, írta W. P. Kinsella".

"Hadd próbáljam meg" - mondta Lia, és Raphael szemüvegéért nyúlt.

"Várj!" E-Z felkiáltott, amikor Lia levette az arcáról. "Ne vedd fel őket! Ne feledd, Raphael azt mondta, hogy csak én viselhetem, de kivételt tettem Charlesnak Sobo álma miatt, de nem hiszem, hogy körbe kéne adnunk. Különben is, már tudjuk a választ a kérdésre, amit mindannyian felteszünk magunknak. Ez egy olyan könyv, amely olyan címmé válik, amilyet az olvasó látni akar."

"Vagy látni akarja" - mondta Sobo.

"De nekem nem akartam vagy kellett látnom a Nagy várakozások című könyvet. Még csak nem is hallottam róla!"

"De képzeld el - mondta Sam -, milyen könyvtár lehet a jövőben. Csak ki kell találnunk egy könyv címét, és voilá, máris a kezünkben tartjuk".

"Bár nem lenne túl jó a szerzőknek, úgy értem, hogyan kapnának fizetést?" Érdeklődött Samantha.

"Nem tudom, hogyan működne az egész, és talán valami nagyot is kihagyunk itt" - mondta Alfréd.

"Nagyot, például mit?" E-Z érdeklődött.

"Mi lenne, ha a könyv lenne az, aki kiválasztja az olvasót, nem pedig fordítva?"

"Doo-doo-doo-doo-doo" - énekelte Brandy, ami a Twilight Zone zenéje volt.

"Foglaljuk össze. Sobónak volt egy álma, amelyben Rosalie megmutatta neki A Felhőkönyvtárat, és Raffael szemüvegével Charles el tudott vinni minket oda. Amit meg is tett, de a hely nem olyan volt, mint amilyenre számítottunk. Csak Charles láthatta a könyveket, ő megragadott egyet, és visszafelé menet megtámadtak minket a bogarakat kilövöldöző szemgolyók, hasonlóak azokhoz, amelyek Hadz

Reikit és engem támadtak meg a Halál-völgyben."
"Dióhéjban ennyi" - mondta Brandy.

"Csak az érdekelne, hogy Eriel elmondta-e a Fúriáknak, hogy Raphael odaadta E-Z-nek a szemüvegét" - kérdezte Lachie.

"Ezt talán soha nem fogjuk megtudni" - mondta E-Z - "mert Michael csak egy esélyt adott Erielnek, hogy beszéljen velem". Az ablakhoz ment, és kinézett. "Kíváncsi vagyok" - mondta.

"Vajon mit?" - kiáltott fel mindenki.

"Hogy a Fúriák tudnak-e a szemüvegről és az erejükről. Ha Rosalie-n keresztül becsaptak minket, hogy meglátogassuk A Felhőkönyvtárat, akkor tudniuk kell Charlesról. Ez azt jelenti, hogy ő már nem titkos fegyver. Honnan tudhatták volna? És mégis, a szemgolyók - ez túl sok a véletlen egybeesésből."

"Eriel azt mondta, hogy használd a szemüveget - mondta Alfréd.

"Láttam őt, ahogyan őrizetbe vették, és kizárt, kizárt, hogy üzenetet küldött volna a Fúriáknak... nem úgy, hogy Michael minden lépését őrizte." E-Z visszagurult oda, ahol a többiek voltak. "Egyébként Alfred, hogyan szakadtál el tőlünk?"

"Egy fekete felhőbe tévedtem, amíg nem hívtam Kis Dorritot és Babát, hogy segítsenek, a többit tudod".

"Olyan furcsa volt" - mondta Charles. "Az egyik percben nem láttam a könyveket, levettem a szemüveget, visszatettem, és mindenhol ott voltak. Mégis én voltam az egyetlen, aki látta őket."

"Én láttam őket" - mondta Baby. "Ez itt felém repült" - dobta oda Charlesnak, aki két ujjával elkapta.

Egy miniatűr könyv volt, a gerincén egy aprócska címmel, amit mindenki hangosan olvasott:

"Minden, amit valaha is tudni akartál a fúriákról, de féltél megkérdezni, írta: Anonymus".

"Gól!" Brandy felkiáltott.

Az aprócska könyv köré gyűltek, miközben Charles minden egyes alkalommal óvatosan kinyitotta. Belül az első borító üres volt, akárcsak az első oldal. A következő oldalra lapozott, ahol szavak voltak, amelyek azonnal elkezdtek mozogni, kavarogni. A szavak úgy lebegtek a lapon, keveredtek, és átkeveredtek, mintha elfelejtették volna, milyen szavakat és nyelvet hivatottak képviselni.

E-Z, aki még mindig Raffaello szemüvegét viselte, megszédült, ahogy a szavak elmozdultak, és levette.

"Próbáld meg te - mondta Charlesnak, és átadta a szemüveget.

Charles feltette, majd gyorsan újra levette, és az ablakhoz sietett, hogy friss levegőt szívjon. Visszaadta őket E-Z-nek.

"Most te - mondta Sobónak, aki nem volt hajlandó felpróbálni a szemüveget, ahogy Haruto sem".

"Megpróbálom" - mondta Lia, de hamarosan csatlakozott Charleshoz az ablaknál.

"Lachie?" E-Z kérdezte.

"Persze" - mondta, felvette a szemüveget, majd rögtön le is vette. "Nem megy" - mondta, és lecsöppent az ágyra.

"Hadd próbáljam meg én!" Brandy mondta, miközben E-Z a kezébe nyomta a szemüveget, és ő az arcára illesztette. "Várjunk csak - mondta -, azt hiszem, látok valamit, ez az...", és egy zöld anyagot köpött ki, ami szerencsére a falnak csapódott, nem pedig egy embernek.

"Gyere velünk" - mondta Sam és Samantha Brandynek - "segítünk megtisztálkodni".

"Uh, köszi" - mondta E-Z, és Alfred felé fordította a székét, majd a csőrére tette a szemüvegét.

"Egy szemüveges hattyú. Nevetséges!" Mondta Alfréd.

"Nagyon szorgalmasnak tűnsz!" Mondta Charles.

"Úgy nézel ki, mint Ludwig von Drake professzor!" Brandy felkiáltott.

Sam azt mondta: "Ő volt Donald Kacsa tanára."

"Ó" - mondták azok, akik túl fiatalok voltak ahhoz, hogy hallottak volna Donald kacsáról.

"Ó, te jó ég" - mondta Alfred, amikor a szavak abbahagyták a kavargást, és visszatértek abba az irányba, ahogyan a szerző írta őket. Elolvasta az első két oldalt, aztán a következőt, a következőt és a következőt. Egy gyorsolvasó könnyedségével repült át az egész könyvön, és amikor végzett, a könyv becsukódott.

POOF

És eltűnt.

"Hát, ez érdekes volt - mondta Alfréd, visszaadta a szemüveget E-Z-nek, és megállította magát, hogy ne essen el.

"Úgy érted, elolvastad az egészet?" Kérdezte Sam. "Ezek a szemüvegek figyelemre méltóak."

"Mindent felidézek, de fel kell dolgoznom az információt, és pihennem kell. Nem akarok itt ülni és felolvasni neked mindent. Jobb, ha átválogatom, amit megtudtam, aztán majd megbeszéljük."

"Mi van, ha - kérdezte Brandy -, kihagytál valamit, amit egyikünk sem hagyott volna ki? Semmi személyes."

Alfréd felnevetett. "Csak mert most hattyú alakban vagyok, az nem jelenti azt, hogy nem olvastam sok-sok könyvet életem során. Sőt, fiatal koromban az Oxfordi Egyetemre jártam, és kitüntetéssel diplomáztam. Irodalmat és művészeteket tanultam."

E-Z azt mondta: "Nem te választottad a könyvet - a könyv választott téged. Egyikünk sem tudott egyetlen szót sem elolvasni belőle."

"Köszönöm, hogy hittél bennem."

Lia azt mondta: "Mennyi időt akarsz még molyolni? Elmehetnénk megnézni azt a filmet?"

Samantha azt mondta: "Készítenem kell még egy kis popcornt. A másik tálat már megettük."

"Stresszevés" - mondta Sam vigyorogva.

"Köszi" - mondta Alfred. "Visszajövök hozzád, amint tudok".

"Szánj rá annyi időt, amennyit csak akarsz", mondta E-Z, "gyere és csatlakozz hozzánk, ha készen állsz".

A banda bement a nappaliba, és előkészítették a filmet. Samantha készített még egy kis pattogatott kukoricát a mikróban. Mindenki köréjük gyűlt, hogy megnézzék a filmet.

Alfred egy darabig aludt a szokásos helyén, de álmokat álmodott, főleg rémálmokat, és végül kivitte magát a kertbe, hogy friss levegőt szívjon. Mindenki tőle függött, és a nyomás nyomasztotta, miközben a miniatűr könyv tartalma kavargott a fejében.

20. FEJEZET

ÜZENET FRANCIAORSZÁGBÓL

E-Z A FILM ELSŐ felét a többiekkel együtt nézte végig, majd nyugtalanságot érzett, és úgy döntött, hogy bepótol egy kis munkát. Beugrott a szobájába, és arra számított, hogy Alfrédot álmában találja, de nem volt sehol. Aggódva a hátsó ajtóhoz ment, és kinézett, hogy a hattyú mélyen aludt egy kerti széken elnyúlva. Becsukta az ajtót, visszament a szobájába, felcsapta a laptopját, és bejelentkezett.

Néhányszor ide-oda járt a fejében, és eldöntötte, hogy a regénye írására koncentráljon-e, vagy inkább azzal töltse ezt az időt, hogy még több kutatást végezzen az ellenségeikről, a Fúriákról. Egy üzenet hangja, amely a postaládájába pittyegett, meghozta számára a döntést. Piros pipa jelezte a sürgősséget, és bár nem tartalmazott mellékleteket, nem kattintott rá. Ehelyett előnézetben olvasta el. Vagyis megpróbálta elolvasni. Az üzenet teljesen más nyelven volt. Kiszúrt néhány szót, amit franciának ismert fel, ezért lemásolta a szöveget, felment egy keresőmotorra, és beillesztette a következő üzenetet egy online fordítóprogramba:

Cher E-Z Dickens,

Je m'appelle François Dubois et j'ai sept ans. J'habite à Paris, en France, et j'aimerais faire partie de votre équipe de Superhéros. Vous vous demandez peut-être quelles compétences j'apporterais à l'équipe. C'est une bonne question et je serai heureux d'y répondre. Mais je me demande s i ce site est sécurisé.

Si vous souhaitez me parler davantage, vous pouvez m'envoyer un courriel directement. Mon adresse de courriel est jointe. J'ai hâte d'avoir de vos n ouvelles.

Votre ami,

Francois

Megnyomta a send gombot, és a következő fordítás érkezett:

Kedves E-Z Dickens,

Francois Dubois-nak hívnak, és hét éves vagyok. Párizsban élek, Franciaországban, és szeretnék bekerülni a szuperhős csapatodba. Megkérdezhetnéd, hogy milyen képességeket hoznék a csapatba. Ez egy jó kérdés, és szívesen válaszolok rá. De vajon biztonságos ez az oldal?

Ha többet szeretne velem beszélni, akkor közvetlenül nekem küldhet e-mailt. Az e-mail címemet mellékeltem. Várom, hogy jelentkezzen.

A barátod,

Francois

Érdeklődve többször is újraolvasta az üzenetet, és elgondolkodott az időzítésen. Azon tűnődött, vajon nem paranoiás-e, amikor azt gondolta, hogy ez a srác, aki egészen Franciaországból érkezett, összeesküvést sző a Fúriákkal. Még ha túlságosan óvatos is volt, joga volt hozzá, és mint a csapata vezetője, az ő feladata volt, hogy megbizonyosodjon arról, hogy az ehhez hasonló megkeresések törvényesek. Szüksége lenne Sam bácsi segítségére, hogy utánajárjon, de egyelőre csak szétküldött néhány szimatot, és meglátta, mi jön v issza.

Gyorsan írt egy üzenetet, anélkül, hogy lefordította volna. A kölyök használhatott egy keresőt, ugyanúgy, mint ő, és találhatott egy fordítót, és miután többször átolvasta, megnyomta a SEND gombot.

Kedves Francois!

Köszönöm az üzenetedet. Honnan hallottál rólunk?Tisztelettel,

E-Z.

Francois válasza olyan gyorsan jött vissza, hogy E-Z még gyanúsabbnak érezte. Ezúttal angolul hangzott el:

Kedves E-Z,

Köszönöm gyors válaszát.

A tanárom látta a honlapodat, és az aktuális események óránk keretében tanultunk rólad és a csapatodról.

Remélem, hamarosan hallok felőled.

A barátod,

Francois.

Tényleg törvényesnek tűnt. Újabb üzenetet gépelt be, és megkérdezte Francois-t, hogy milyen szuperhős-képességeket tudna ajánlani a csapatának, hogy megbeszélhesse velük. Pillanatokkal később Francois a következő üzenetet küldte neki:

Kedves E-Z,

Köszönöm, hogy lehetőséget adtál arra, hogy meséljek neked a szuperhős képességeimről.

Először is, hozzád hasonlóan én sem voltam mindig szuperhős. Ez a közös bennünk. Ezért gondoltam, hogy jól illeszkednék a csapatodba.

Ahelyett, hogy elmondanám, szeretném megmutatni. Csatoltam egy privát meghívót a YouTube-csatornánk megtekintéséhez - apukám segített nekem. A link csak az Ön számára elérhető, és a meghívás huszonnégy óra múlva lejár.

Várom a válaszodat, miután megnézted.

A barátod,

Francois.

Kíváncsiság és habozás nélkül E-Z rákattintott a linkre. Egy üzenet bukkant fel, amely egy kérdés megválaszolására kérte, amire nem okozott neki gondot a válaszadás, hiszen baseballhoz kapcsolódott.

Miután bejutott, rákattintott a klipre, felhangosította a hangerőt, és az azonnal elindult.

Az első személy, akit meglátott, egy gyerek volt, aki a képernyő alján lévő, tőle lefordított szövegen keresztül a hétéves Francois Dubois-ként mutatkozott be.

A gyerek magas volt, nagyon magas. Valójában több mérőpálca mellett állt. Az apja ráközelített, hogy Francois hétévesen már 163 centiméter magas volt. A magasságán kívül Francois úgy nézett ki, mint bármelyik másik hétéves, vörösesbarna hajjal, vastag, sötét keretes szemüveggel az orrán, kockás ingben, kék farmerben és fekete futócipőben.

"Bonjour E-Z!" Mondta Francois, mosolyogva, amiből kiderült, hogy két első foga hiányzik.

E-Z visszamosolygott, majd figyelte, ahogy Francois és az apja franciául, fordítás nélkül megbeszélnek valamit. A kézmozdulataik és arckifejezéseik alapján úgy tűnt, hogy vitájuk heves. Remélte, hogy Francois nem próbálkozik valami veszélyes dologgal.

E-Z figyelte, ahogy Francois tovább sétál a franciaországi Párizs legismertebb nevezetessége - az Eiffel-torony - felé. Kint egy tábla jelezte, hogy a belépő ára 12-24 éves korosztály számára 5 euró volt. Francois lehunyta a szemét, majd újra kinyitotta. Várj egy percet. Valami megváltozott, talán a világítás volt az oka.

Tovább figyelt, miközben Francois egy másik tábla mellett helyezkedett el, amelyen ez állt:

Párizsi Világkiállítás, 1889. május 15.

"WHOA!" E-Z felkiáltott, és próbált rájönni, hogy mit látott az imént. Időutazás?

Francois lehunyta a szemét, és újra az eredeti tábla mellett állt 12-24 év 5 euró.

A kamera teljesen elmosódott. A képernyő alján a következő szavak jelentek meg: "Egy pillanatra kérem".

Egy kattanással a kamera ismét elindult, de ezúttal Francois a Notre-Dame de Paris székesegyház mellett állt. A 2019-es nagy tűzvész óta éppen újjáépítették, az állványok és a daruk szorgalmasan dolgoztak.

Mint korábban, Francois most is lehunyta a szemét, majd újra kinyitotta.

"Nem lehet!" E-Z felkiáltott.

Francois 1163-ban volt, azon a napon, amikor a nagy Notre-Dame-székesegyház első kövét a helyére tették.

E-Z szünetet tartott. Lehet, hogy ez hamisítvány? Persze, hogy lehet. A mai technológiával bárki bármit meghamisíthat. És mégis, valami a zsigereiben azt súgta neki, hogy ez valódi. Szüksége volt egy második véleményre is. Szüksége volt Sam bácsira.

A képernyőn a szünetelő Francois-ra pillantva E-Z az indításra kattintott. Francois integetett, amikor a klip véget ért.

E-Z rákattintott, és visszatért a postaládájához. A válasz gombot nyomta meg, és megírta a következő e-mailt Francoisnak:

Kedves Francois!

Köszönöm, hogy megnézhettem a szuperképességedet. Beszélnem kell a csapattal. Ha úgy döntünk, hogy felveszünk, milyen hamar tudsz csatlakozni hozzánk?

A barátod,

E-Z

Várt egy másodpercet, és újra elolvasta az üzenetét, mielőtt megnyomta a küldés gombot. Fontolóra vette, hogy az IF-et MIKOR-ra változtatja. Döntésképtelenül Francois időutazó szupererejére gondolt. A kölyök csodálatos kiegészítője lenne a csapatnak.

Mégis, ki kellett kérnie egy második véleményt. Mielőtt tovább gondolkodott volna rajta. Üzenetet küldött Samnek: "Van egy perced?".

Egy új e-mail bukkant fel a postaládájában a következő szöveggel:

HI E-Z,

Ha felveszel a csapatba, el tudnál jönni értem?

A barátod,

Francois.

Ezen el kellett gondolkodnia.

Azt válaszolta:

Francois azt válaszolta: "Amint lehet, jelentkezem.

A barátod,

E-Z.

Sam belépett a konyhába: "Mi újság, kölyök?"

"Bocs, hogy elszakítalak a filmtől".

"Úgyis elaludtam, úgyhogy örülök a figyelemelterelésnek."

"Kaptam egy e-mailt a honlapunkon keresztül egy franciaországi sráctól, aki kérte, hogy csatlakozzon a csapatunkhoz. Ő és az apja készítettek egy klipet, már megnéztem. Lenyűgöző képességei vannak. Nézd meg, és mondd el a véleményed."

Sam végig csendben maradt. Amikor vége lett, kérte, hogy még egyszer megnézhesse.

Amikor másodszor is véget ért, E-Z megkérdezte: "Mit gondolsz?".

"Szerintem amit látunk, az lenyűgöző. Egy időutazó fiú Franciaországból."

"Nagyon jól jönne egy ilyen szupererő a csapatunkban."

"Pontosan" - mondta Sam. "És ezért is gyanakszom rá. Leveleztél már a fiúval?"

E-Z végigpörgette az eddig elhangzottakat.

"Honnan tudja, hogy neked nem volt egész életedben szuperképességed?" - kérdezte.

"Igen, én is erre gondoltam. De azt hiszem, ez egy ésszerű feltételezés. Ő egy okos gyerek."

"Igaz" - mondta Sam. "Nem bánod, ha körbekattintok, hátha találok valamit?"

E-Z bólintott, és Sam átvette az irányítást a laptopja felett. Ellenőrizte az IP-címet, amely legálisnak tűnt. Nem okozott neki gondot, hogy lenyomozza a párizsi tartózkodási helyét.

Rákeresett Francois nevére, kiderítette, milyen iskolába járt. Megtudta, hogy kosárlabdázik. Megtudta, hogy ügyes volt a helyesírásban. Úgy tűnt, nem keveredett bajba.

Aztán Sam talált egy halálhírt Francois édesanyjáról, aki akkor halt meg, amikor Francois ötéves volt. A halál okát nem tüntették fel, de adományokat kértek a Párizsi Mellrák Alapítványnak.

"Minden törvényesnek tűnt" - mondta Sam.

"Mégis, honnan lehetünk biztosak benne? Nem akarok felesleges kockázatot vállalni."

"Az egyetlen módja, hogy biztosat tudjunk, az lenne, ha személyesen kérdeznénk ki a kölyköt." Tétovázott:

"Hm, azt kérdezte, mikor tudsz érte jönni. Most, hogy belegondolok, ez elég furcsa gondolat egy időutazó k ölyöktől."

"Igen, én sem gondoltam erre."

"Egy dolog biztos, E-Z, ha valaki elkapja őt, az én leszek. Szükség van rád."

"Nagyra értékelem az ajánlatot, Sam bácsi, de az életed veszélyben nem jöhet szóba."

"Oké" - mondta Sam. "Hallottál valamit Alfredról?"

Végszóra Alfred bebattyogott a konyhába. "Micsoda?" - kérdezte.

ZAP

Egy apró, fehér, bolyhos, bolyhos cica érkezett.

"Bonjour E-Z, je m'appelle Poppet. Francois m'envoie."

"Ó, fiam" - volt minden, amit E-Z mondott.

Azonnal egy e-mail érkezett Francois-tól, amiben ez állt:

"Biztonságban megérkezett?"

Sam bácsi azt mondta: "Nos, ezzel megválaszoltuk a kérdésünket."

E-Z beírta: "Igen, itt van".

ZAP

Poppet eltűnt.

"Ez annyira király" - gépelte Francois. "Ha készen állsz, ha akarod, hogy a csapatodban legyek, én is kipróbálom."

"Egyelőre tarts ki" - mondta E-Z.

"Honnan tudta Poppet, hogy hol lakunk?" Sam érdeklődött.

"Azt nem tudom."

21. FEJEZET

A FRANCOIS HATÁROZAT

MÁSNAP AZ E-Z RENDKÍVÜLI csoportgyűlést hívott össze. Miután mindenki leült, rögtön bele is vágott a témába.

"Egy potenciális új tag kérte, hogy csatlakozhasson a csapatunkhoz. Sam és én megvizsgáltuk a jelentkezését, és minden törvényesnek tűnik."

"Én is egyetértek ezzel a véleménnyel" - mondta Sam.

E-Z bólintott: "Francois egy időutazó".

"Hűha!" Mondta Lia.

"Fantasztikus!" Lachie mondta.

A többiek is hasonlóan nyilatkoztak, kivéve Charles-t, aki megkérdezte: "Mi az az időutazó?".

"Te vagy az!" Brandy azt mondta.

"Olyan valaki, aki egyik időből a másikba utazik" - mondta Lia.

"Talán csak nézd meg ezt a klipet, és jobban megérted, mindannyian jobban megértjük, hogy mire képes." Alfrédra pillantott: "De mielőtt Francoisról beszélnénk, szeretném átadni a szót Alfrédnak, hogy tájékoztasson minket arról, mit fedezett fel a könyvben. Átadom neked, Alfréd."

A trombitás hattyú megköszörülte a torkát, mire minden tekintet felé fordult.

"Átnéztem mindent, elölről, hátulról, oldalról, és attól tartok, nem sokat segít. Mivel a Fúriák konkrét megbízást kaptak - és ők be is tartják azt (még ha a szabályokat meg is hajlítják), nem hiszem, hogy még Zeusz is megbüntethetné őket azért, amit tesznek."

"Azt mondod, hogy reménytelen?" Brandy megkérdezte.

"Nem, nem azt mondom, hogy reménytelen, de egyszerűen nem látok kiutat. Hacsak nem tudják, amit mi tudunk."

"Ami azt jelenti?" Brandy megkérdezte.

"Eriel tervét. Hogy hogyan használta őket. Hogy hol van Eriel. Hogy hogyan van elérhetetlenné téve."

"Igaz, biztosan csodálkoznak, hogy miért nem kommunikál velük" - mondta Lachie.

"És ez bizalmatlanságot kelthet" - tette hozzá Brandy.

"Mi van, ha - mondta Sam - ez az információ kiszivárgott hozzájuk?" "Én is erre gondoltam - mondta Samantha. "Lehet, hogy nélküle farkat fordítanának és elmenekülnének."

"Bár az is lehet, hogy pont az ellenkezője történik. Ha ő nem tartaná őket pórázon, lehet, hogy elmenekülnének. Hát, ki tudja, mit csinálnának!" mondta E-Z.

"Már így is rengeteg lelket gyűjtöttek" - mondta Lia. "Azt hiszem, E-Z-nek igaza van. A tudat, hogy ő már nincs a képben, bátrabbá teheti őket."

Alfréd észrevette, hogy a beszélgetés falba ütközik: "Akkor beszéljünk Francois szuperképességeiről. Ő egy időutazó. Hogyan tudna segíteni nekünk?"

"Még egy dolog" - kezdte E-Z - "és ezt Sam bácsi vette észre, így talán ő lenne a legalkalmasabb arra, hogy elmagyarázza".

"Nem, menj csak - mondta Sam.

"Francois küldött ide egy cicát."

"Egy cicát?" Sobo megkérdezte.

"Igen. Poppetnek hívták, és a konyhába érkezett. Azonnal kaptam egy üzenetet Francois-tól, hogy épségben megérkezett-e. Üdvözölte - igen, tudott beszélni. Miután megerősítették, hogy épségben megérkezett, újra előbújt. Sam később feltette a kérdést, hogy honnan tudta, hol lakunk?".

"Várjunk csak - mondta Charles. "Nem mondta valaki, hogy a címeteket közzétették a neten?"

"Ezt én is hallottam" - mondta Brandy.

Sam azt mondta: "Hűha, ez már régen történt, de igaz".

Sam köré gyűltek, és látták, hogy a házuk online csatlakozik a weboldalhoz, hogy a világon mindenki láthassa.

"Nos, ehhez kétség sem férhet. Ha tudják, hogy kik vagyunk, akkor azt is tudják, hogy hol vagyunk" - mondta Sam. "Hacsak..."

"Hacsak mi nem?" E-Z megkérdezte.

"Hacsak nem annyira nem értenek a technikához, mint gondoljuk."

Sobo azt mondta: "Soha ne becsülj alá egy ellenséget. Így válnak a méltatlan gazemberek hősökké."

"Oké, először is nézzük meg, ahogy Francois időutazik, aztán ötleteljünk, hogyan segíthetne nekünk legyőzni a Fúriákat" - mondta E-Z.

Csendben nézték a klipet. Amikor vége lett, E-Z azt mondta: - Majd én begépelem a listát. Ki akarja kezdeni?"

"Nem" - mondta Sam. "Szerintem írjuk le a régi módszerrel. Tudod, tollal és papírral." Benyúlt a konyhai fiókba, és előhúzott egy jegyzettömböt, amit a bevásárlólistákhoz használtak, és egy tollat. "Te menj előre és ötletelj, én leszek a titkár. És még fizetést sem kell fizetned nekem."

Néhány nevetés és kuncogás, aztán elkezdtek ömleni az ötletek:

#1. Francois visszamehetne az időben, kideríthetné, mi történt PJ-vel és Ardennel, és megállíthatná.

#2. Francois visszamehetne az időben, és megakadályozhatná, hogy az összes gyereket megöljék.

#3. Francois visszamehetne az időben, és megakadályozhatná, hogy E-Z szüleit megöljék, megakadályozhatná a balesetét.

#4. Dettó: Lia balesete.

#5. Dettó: Alfréd családjának balesete.

#6. Dettó: Lachlan ketrecbe zárva.

Közjáték.

Haruto boldog volt az új családjával. A történet v

ége.

Brandyt nem zavarta, hogy képes meghalni és újra életre kelni, bár érdeklődött, hogy a meghallgatás napjára való visszatérés járható út. Ezt a kérést egyhangúlag elutasították.

Charles sem bánta meg.

Az ötletelés folytatódott:

#7. Francois visszamehetne a Fúriák megalkotása előtti időkbe, hogy biztosítsa, hogy kapjanak egy Achilles-sarkot.

#8. Francois visszamehetne az időben, arra a napra, amikor Eriel először találkozott a Fúriákkal. Lehetne kém. Vagy gondoskodhatna arról, hogy soha ne is találkozzanak?

#9. Ha Poppet ki-be tudott ugrani, Francois is megtehetné ugyanezt?

Alfred azt mondta: - Várj egy percet. Ez teljesen őrültség, de mi van, ha Francois visszamegy, és eltörli a Fúriákat a létezésükből."

"Hű, ez egy kiváló ötlet!" Mondta E-Z. "De az összes történetben, amit az időutazásról olvastam, az életekkel való játékot és az események megváltoztatását mindig elítélik."

"Igen, erre emlékszem a Vissza a jövőbe című filmből. De személyes tapasztalatból" - magyarázta Brandy - "amikor meghalok, és újra visszatérek, olyan, mintha a halálom előtti események meg sem történtek volna. Olyan, mint egy álom, ha érted, mire gondolok."

"Sam kinyújtózott és ásított. "A babák hamarosan felébrednek. Nem akarom túllépni E-Z vezetői határait, de azt hiszem, gondolkodnunk kell egy kicsit, mielőtt bármit is teszünk".

"Egyetértek. Köszönöm mindenkinek a kiváló ötletelést" - mondta E-Z.

És az ülést berekesztették.

22. FEJEZET
WARM MILK

Lia és a többiek a saját dolgaikkal töltötték a napot. Este kimerülten forgolódott, de nem tudott elaludni. Az órákig tartó alváshiány és az állandó aggódás után frusztráltan lement a földszintre egy kis meleg tejért.

Betett egy bögrét a mikrohullámú sütőbe, megnyomta a 40 másodpercet, majd megnyomta a start gombot. Miközben az óra visszaszámolt, a 39-es, 38-as, 37-es, 36-os stb. számokat figyelte, amíg meg nem jelent a 33-as szám. Ez volt az utolsó szám, amit lá tott.

"Ööö, helló, Kis Dorrit" - mondta, és azt kívánta, bárcsak felvette volna a köntösét. "Hová megyünk?"

"Küldetésen vagyunk" - mondta az egyszarvú. "Hová megyünk?"

"Nem tudod, hogy kihez?"

"Nem. Éppen a saját dolgommal foglalkoztam, amikor hívtál, Lia, nem emlékszel?"

"Nem én hívtalak" - mondta Lia. "Még nem aludtam. Ez furcsa."

Az egyszarvú megdermedt a levegőben.

WHOOSH

Kis Dorrit teljes sebességgel felszállt.

"Argghh!" Lia az életéért kapaszkodva kiáltott. "Mi történik? Miért mész ilyen gyorsan?"

"Nem tudom" - mondta az egyszarvú. "Olyan, mintha valaki vagy valami átvette volna felettem az irányítást." Megpróbált megállni, ahogy csak pillanatokkal korábban tette. Most azonban, bármit is tett, nem tudott megállni. És lassítani sem tudott.

"Kapaszkodj erősen!" Kis Dorrit felkiáltott, miközben a teste fejjel előrefelé kezdett gurulni. "Jaj, ne!"

Lia felsikoltott, de az életéért kapaszkodott. Végül megálltak a gurulásban, de ahelyett, hogy lassítottak volna, még gyorsabban gyorsultak.

Egyre csak repültek, ahogy az éjszaka nappalba fordult. Ahogy a nap felfelé haladt az égen, úgy csökkent a távolság köztük és köztük.

"Úgy érzem, mintha égne a bőröm!" Lia felkiáltott.

"A bundám is" - mondta Kis Dorrit. "Hadd próbáljam meg újra megfordítani magunkat." Megpróbálta, és mint korábban, most is fejjel a fejjel gurultak, fejjel a fejjel, egyre jobban zárva a köztük és a forró nap között tátongó távolságot.

"Vissza kell fordulnunk!" Lia felsikoltott. "Ha nem tesszük, végünk van."

"De úgy tűnik, nem tudok megállni. Úgy tűnik, semmit sem tudok tenni. Várj, majd én kérem Baby segítségét."

A lángoló nap hátterében három szárnyas lény jelent meg. Kézen fogták egymást, miközben megfeketedett köntösük kavargott és csavarodott a testük körül.

CSATT!

SNAP!

SNAP!

volt a hang, ami betöltötte a levegőt, egy ostor csattogásának hangja, ahogy Lia és Kis Dorrit úgy húzódott feléjük, mintha egy vonósugárban lennének. Villámlott a mennydörgés, bár viharok nem látszottak, miközben a nap karmai feléjük feszültek, és azzal fenyegették őket, hogy szétzúzza a puszta létüket.

"Végünk van!" Mondta Lia. "Köszönjük, hogy megpróbáltál megmenteni minket." Megölelte az egyszarvút. "Bárcsak lenne gyeplőd! Akkor talán vissza tudnálak fordítani."

ZAP!

Megjelent a kantár.

Lia körbetekerte a kezét, de mielőtt átvehette volna az irányítást, azok semmivé olvadtak.

"Igazad van, azt hiszem, végünk van" - mondta Little Dorrit. Szeméből üvegkönnycseppek folytak.

BONJOUR

Francois jelent meg: "Segíthetek valamiben?"

"Hogyne tudnál" - kiáltott fel Lia. "Vigyél ki minket innen a fenébe!"

"Csukd be a szemed, és tartsd erősen" - mondta Francois.

Lia és Kis Dorrit reszketett a félelemtől.

DING. DING. DING.

A mikrohullámú sütő. A konyha.

Lia a földre zuhant.

A kis Dorrit biztonságban landolt a hűvös patakban, ahol csobbanva csobbant, majd hazafelé vette az irányt.

"Hol voltál?" Baby megkérdezte.

"Gondolom, nem kaptad meg az üzenetemet. Nem baj. Túl fáradt vagyok" - mondta Kis Dorrit. "Majd reggel elmesélem neked."

23. FEJEZET
KÖVETKEZ   NAP

S OBON VOLT A SOR, hogy reggelit készítsen, ő volt az, aki megtalálta Liát a padlón, összetekerve, mint egy eldobott gyapjúgombolyagot.

Sobo felsikoltott: "Gyere gyorsan! A mi Liánknak segítségre van szüksége!"

Samantha érkezett elsőként. Azonnal Lia homlokához nyomta az ajkát, hogy ellenőrizze a lázát, majd odakiáltott a férjének, hogy hozza a lázmérőt, hogy még egyszer ellenőrizze.

"A láza 107,7" - erősítette meg Sam. "Be kell vinnünk a kórházba."

Samantha megnyomta a 911-et, miközben Sam felkapta Liát, felcipelte és a kanapéra tette, majd várták a mentőt.

"Majd én tartom a frontot" - mondta Sam, miközben a felesége és Sobo követte a mentősöket, akik hordágyon vitték az eszméletlen Liát.

Amikor a mentőautó szirénázva elhúzott a járdaszegélytől, Lia kinyitotta a szemét, és megpróbált felülni.

"Jól érzem magam" - mondta.

A mentős újra megmérte a lázát, és az normális volt. Megvonta a vállát.

Mire megérkeztek a kórházba, Lia újra a régi volt, és újra haza akart menni - most azonnal.

"Bár az életjelei most rendben vannak, mivel maga hívott minket, végig kell csinálnunk. Liát felveszik, és amint az ügyeletes orvos mindent rendbe hoz, hazamehet."

"Legalább hadd menjek be" - mondta az ügyeletes, miközben a sofőr kinyitotta az ajtókat.

"Nem, kisasszony, maga maradjon itt" - mondta, miközben felkészültek arra, hogy bevigyék a hordágyat és lakóját, Samantha és Sobo pedig követte őket.

Samantha küldött Samnek egy sms-t, hogy mi újság. A férfi egy hüvelykujj fel emojival válaszolt, éppen akkor, amikor gyakorlatilag belesétált PJ és Arden szüleibe, akik éppen kifelé tartottak.

"Felébredtek! A fiaink felébredtek!"

"Mindketten?" Kiáltott fel Samantha, miközben továbbította ezt a legújabb információt Samnek, aki, felébresztette az unokaöccsét, hogy elmondja neki a j ó hírt.

"Mindjárt ott vagyok!" E-Z mondta, miután hívott egy taxit.

24. FEJEZET

KÓRHÁZ

E-Z ÚTON VOLT, HOGY meglátogassa két legjobb barátját. A taxiban az agya újra és újra a jó hírt ismételgette. Annyi minden történt. Annyi mindenről maradtak le. Annyi mindent kellett elmondania nekik. El akarta mondani nekik.

"Tudja, melyik szobába?" - kérdezte a nővér.

Nemet mondott neki, és a nő gyorsan megkereste neki. Miután megköszönte neki, felszállt a liftre, és elindult a szobájuk felé, azon gondolkodva, hogy vegyen-e nekik valamit. Virágot? Cukorkát. Úgy döntött, megkérdezi őket, hogy szükségük van-e v alamire.

Közvetlenül az ajtajuk elé érve, bentről hallotta a hangjukat, és néhány pillanatig hallgatózott, mielőtt jelezte volna a jelenlétét. Aztán vett egy mély lélegzetet, próbálta visszatartani az érzelmeit, nehogy eluralkodjanak rajta - nem akarta, hogy elpuhuljon, és zavarba hozza magát...

"Gyere be, te nagy puhány!" Mondta PJ.

"Ahhhhh, hiányoztunk neki!" Mondta Arden.

"Nem kéne jobban kinéznetek a sok szépítő alvás után? Egyébként mindkettőtöknek szüksége lenne egy borotválkozásra!"

"Nem akarunk árnyékot vetni rátok, és valahogy életemben érzem a bajszom" - mondta Arden.

"Tudjuk, hogy szereted a figyelmet! Látom, az üvegkefédre is ráférne egy nyírás!"

PJ anyja, aki éppen akkor tért vissza a szobába, odasúgta E-Z-nek, hogy nem akarják, hogy a fiúk túlzásba vigyék, hiszen még csak néhány órája vannak ébren.

Rövid beszélgetés után E-Z megölelte mindkét barátját, és azt mondta, hogy mennie kell. "Visszajövök" - ígérte - "és becsempészek egy-két hamburgert - úgy hallottam, hogy a kórházi kaja tényleg nagyon-nagyon rossz".

"Nem fogsz!" Mondta Arden anyja, amikor ő is visszatért a szobába.

Hátratolta a székét, Arden anyja szembefordult vele, a két barátja pedig összefonta a kezét, és könyörgött neki, hogy hozzon nekik ételt.

Ahogy végigment a folyosón, el sem hitte, mennyire hiányoztak neki - és milyen jól néztek ki. Lement a lifttel a Vészhelyzetbe, ahol megtalálta Samanthát és S obót.

"Van valami hír?" E-Z kérdezte.

"Jól van, dühös volt, hogy itt marad, hogy megvizsgálják" - mondta Samantha. "De jobban fogom érezni magam, amint meglesz az engedélye, és elmehetünk innen."

"Én is" - mondta E-Z. "Hadd menjek és megnézzem." Végiglépkedett a folyosón. Hallgatózott, miközben egy elfüggönyözött területen belülről hallotta a hangokat, amelyeket a felvétel előtti állomásoknak vélt. Végül meghallotta Lia hangját odabent, és bement.

"Kérem, várjon odakint" - mondta a nővér.

"De ő a nővérem."

"Haza akarok menni - most!" - követelte a lány, majd keresztbe fonta a karját a mellkasán.

"Amint az orvos azt mondja, hogy hazaengedhetjük. És egy perccel sem hamarabb."

"Hogy vagy? Anya aggódik érted."

"Magatokra hagylak titeket beszélgetni" - mondta a nővér. "Az orvosnak hamarosan be kell jönnie. Ó, és győződjön meg róla, hogy nyugodt marad."

"Uh, köszönöm" - mondta E-Z.

Miután a nő elment, megölelték egymást.

"A kis Dorrit és én majdnem megégtünk a napon!" - mondta. Mindent elmesélt E-Z-nek, ahogy az elejétől a végéig történt.

"Érdekes, hogy Francois volt az, aki megmentett téged."

"Nem tudom, honnan tudta. A kis Dorrit és én azt hittük, hogy végünk van. Határozottan a Fúriák voltak. Fel akartak égetni minket! Meg akartak égetni minket. Borzalmas, gonosz boszorkányok!"

"Kígyók is voltak?" E-Z megkérdezte.

"Kígyók és ostorok."

"Úgy hangzik, mint a Fúriák." E-Z habozott. Témát váltott. "Hallottál már PJ-ről és Ardenről?"

A lány megrázta a fejét.

"Felébredtek!"

"Na ne már! Ez elég furcsa egybeesés, nem gondolod? Megpróbálják elintézni Kicsi Dorritot és engem, és közben felébred a két kómában fekvő barátunk."

"Igazad van, szerintem az egész összefügg."

Samantha hátralökte a függönyt: "Mi függ össze?" Megölelte a lányát. "Hogy érzed most magad, kicsim?"

"Nem vagyok kisbaba" - mondta Lia. "De jobban érzem magam, és haza akarok menni. Miután meglátogattam PJ-t és Ardent."

Sobo bejött. Megölelte Liát.

"Mi történt veled?" - kérdezte.

Lia ismét mindent elmagyarázott. Az anyja nem fogadta olyan jól, mint Sobo. E-Z odasietett, és töltött Samnek egy pohár vizet. Míg Sobónak rengeteg kérdése volt. "Tejet melegítettél, a mikrohullámú s ütőben?"

Lia bólintott.

"És ekkor zippantottak ki a konyhából?"

"Igen, és egyenesen Kis Dorrit hátára. Kis Dorrit azt mondta, hogy én idéztem meg, de nem én voltam."

"És aztán mi történt?" Sobo megkérdezte.

"Hát, Little Dorrit repült, és beszélgettünk, és amikor egyikünk sem tudta, hova megyünk, vagy miért, azon gondolkodtunk, hogy visszafordulunk. A következő dolog, amit tudtunk, hogy Little Dorrit és én egyre közelebb és közelebb kényszerültünk a Naphoz, anélkül, hogy lett volna erőnk visszafordulni."

"De te és Kicsi Dorrit nem feleltek meg a Fúriák kritériumainak. Egyikőtökhöz sem érhetnek hozzá!" E-Z felkiáltott.

Samantha azt mondta: "Talán ez csak véletlen egybeesés.

Sobo megismételte korábbi tanácsát: "Soha ne becsülj alá egy ellenséget".

Miután Lia engedélyt kapott, hogy hazamenjen, ő és E-Z meglepték PJ-t és Ardent sajtburgerrel és sült krumplival, amit ők csempésztek be.

Hazafelé menet a taxiban, Samanthával, Sobóval és Liával E-Z csak egy dologra gondolt. A fúriák megtámadták Liát és Little Dorrit, és kudarcot vallottak. Nemcsak hogy elbuktak - hála Francoisnak -, de valahogy, valahogy az univerzum visszaküldte PJ-t és Ardent.

Véletlen egybeesés? Szerinte nem. Ehelyett azt akarta hinni, hogy a Fúriák ereje csökkent, ha a megbízatásukon kívülre merészkedtek.

Akárhogy is, neki és a csapatának minden pillanatban készen kellett állnia, hogy kihasználják a helyzetet.

Ez lehet az egyetlen esélyük.

Az egyetlen előny a javukra.

25. FEJEZET
SOBO

"Még egy kérdést kell feltennem" - kérdezte Sam E-Z-től, mielőtt mindenki bejött a megbeszélésre.

"Oké, kérdezz csak" - mondta E-Z.

"Nos, azon tűnődtem, hogy Rosalie miért nem tudott Francoisról."

"Én..." - ennyit tudott mondani E-Z, mielőtt Brandy és Lia bejöttek a konyhába.

"Ne is törődjetek velünk" - mondta Brandy, miközben folytatta, hogy kinyissa a hűtőt, kivegye a narancslevet, és megissza, mielőtt bedobja a tartályt az újrahasznosítóba.

"Uh, azt előbb ki kéne öblíteni" - mondta E-Z, amit Brandy meg is tett. Aztán lehuppant egy székre, és a kézfejével megtörölte a száját.

"Bocsánat, nem akartam bunkó lenni, tudod, hirtelen megállni, ahogy tettem. Azt akartam, hogy mindannyian itt legyünk, és megbeszéljük Sam bácsi aggodalmait."

"Rendben van" - mondta Lia, és helyet foglalt Brandy mellett.

Egymás után érkeztek a többiek, és elfoglalták a helyüket az asztal körül.

E-Z azzal kezdte, hogy mindenkit tájékoztatott PJ és Arden csodálatos gyógyulásáról, amit mindenki lelkes taps követett, beleértve azokat is, akik még nem is ismerték őket.

"A következő napirendi pont, és úgy gondolom, hogy ez a két dolog összefügghet, Lia és Kis Dorrit rászedték, hogy elhagyják a házat, és az életük veszélybe került. Ha nincs Francois, a Fúriák, akiket felelősnek tartunk, talán sikerrel jártak volna."

"Bravo Francois!" Charles azt mondta.

"Hogyan csaptak be?" Brandy érdeklődött.

"Hol történt?" Lachie kérdezte.

"Lia, el akarod mondani?" E-Z kérdezte. A lány megrázta a fejét, nem. "Ugorj be, ha valamiről lemaradtam" - mondta. Folytatta, és elmagyarázta, mi történt, és miért gondolják, hogy a Fúriák a felelősek.

"Azóta gondolkodom a Fúriákon és a megbízatásukon. Mint tudjuk, azt követniük kell. Amikor megpróbálták megölni Liát és Kis Dorritot, megszegték a szabályokat. Milyen okot tudtak felhozni arra, hogy miért akarták megölni Liát vagy Kis Dorritot? Nem csak hogy megszegték a megbízatásukat, de még kudarcot is vallottak. Most pedig gondoljunk arra, hogy mi történt pontosan ugyanabban az időben - mármint persze PJ és Arden -, amikor felébredtek a kómából. Véletlen egybeesés? Szerintem nem.

"És minél jobban összekapcsolom őket gondolatban, annál inkább azon tűnődöm, hogy a Fúriák talán gyengülnek. Ha igazam van, akkor talán most van itt az ideje, hogy elintézzük őket."

"Lehetséges - mondta Alfréd -, de emlékszem, hogy még iskolás koromban olvastam Einsteinről - ami az ellenkezőjét bizonyíthatja. Úgy értem, lehet, hogy egyáltalán nem is a Fúriák voltak. Lehet, hogy a tér-idő kontinuum megzavarása volt. Mivel Francois képes volt megmenteni őket, és egyikünk sem tudta, hogy ez történik, ez egy olyan lehetőségnek tűnik, amit érdemes lenne megvizsgálni, nem gondolod?"

Sam fel-alá járkált. "Mindent figyelembe véve, amit a Fúriákról tudunk, és amire emlékszem az Einsteinről szóló tanulmányaimból - ahhoz, hogy egyáltalán esélyük legyen a téridő-kontinuum meggörbítésére, Liának és Kis Dorritnak gyorsabban kellett volna haladnia, mint a fény - 186 282 mérföld per másodperc. Ha ilyen gyorsan haladnának, akkor visszafelé haladnának az időben, nem előre."

"Gyorsan utaztunk, de nem olyan gyorsan" - mondta L ia.

"Mondd el még egyszer, mi történt megint, Lia. Képkockáról képkockára. Egészen addig az időpontig, amikor Francois megjelent" - mondta Alfréd.

Lia története a konyhában kezdődött, és a kórházban fejeződött be.

Kézfeltartással mindenki megszavazta, hogy szerintük a Fúriák a felelősek, még mindig senki sem tudta megmagyarázni, hogy Francois miért tudta, vagy hogyan hívták ide.

"Te hívtad őt?" E-Z kérdezte. "Úgy értem, honnan tudta? Ezt szándékozom megkérdezni tőle."

"Ami visszavisz oda, ahonnan ma elindultunk" - mondta Sam. "És a kérdésem az, hogy Rosalie miért nem tudott Francoisról."

"És hogy van a kis Dorrit?" Sobo érdeklődött.

"Francoisról nem tudok, de az egyszarvú aludt, amikor ma reggel kiugrottam fűért".

"Á, az jó" - mondta Lia.

"Talán az orvosoknak van magyarázatuk arra, hogy PJ és Arden miért ébredtek fel akkor, amikor felébredtek?" Sam megkérdezte.

"Ez igaz, lehet, hogy igen, de nem látom, hogy ez számunkra mit számítana. Nem igazán. A lényeg az, hogy felébredtek, és még mindig nem tudjuk, hogy a Fúriák voltak-e a felelősek értük. Viszont bizonyítékunk van arra, hogy mit tettek más gyerekekkel, és így vagy úgy, de meg kell fizetniük érte. És le kell állítanunk őket."

"Talán az orvosoknak van magyarázatuk arra, hogy PJ és Arden miért ébredt fel akkor, amikor felébredt?" Sam megkérdezte.

"Ez igaz, lehet, hogy van, de nem látom, hogy ez számunkra mit számítana. Nem igazán. A lényeg az, hogy felébredtek, és még mindig nem tudjuk, hogy a Fúriák voltak-e a felelősek értük. Viszont bizonyítékunk van arra, hogy mit tettek más gyerekekkel, és így vagy úgy, de meg kell fizetniük érte. És le kell állítanunk őket."

"Tessék! Tessék!" Charles azt mondta, és lecsapta a kezét az asztalra.

"Beszélhetnénk még egy kicsit Francoisról?" - érdeklődött Brandy.

"Mi van, ha nem akar semmit sem mondani nekünk - kérdezte Charles -, hacsak nem fogadjuk el a csapat tagjának?"

"Charles jogos érvet hoz fel - mondta E-Z. "Felkészültem arra, hogy ezt Francoisszal próbára tegyük. Ha nem mondja el, amit tud, akkor talán nem is közénk való."

"Mi van, ha tényleg jól hazudik?" Brandy megkérdezte. "És vannak emberek, akik kiváló hazudozók."

Lia azt mondta: "Miért nem csinálunk egy Zoom hívást? Mindannyian beszélgethetnénk vele, megnézhetnénk, hogy milyen, és aztán szavazhatnánk róla? Én már felkészültem arra, hogy igennel szavazzak."

"Nem" - mondta E-Z. "Nem akarom, hogy tudjon Charlesról, Harutóról, Lachie-ről vagy Brandyről. Jelenleg csak annyit tud, amennyit a neten talál."

"És mégis - vágott közbe Sam -, Poppet képes volt beugrani a házunkba".

"Igen, az is van" - mondta E-Z.

"Ráadásul megmentette Kicsi Dorritot és engem - szóval tud róla."

"Úgy érzem, mintha csak körbe-körbe járnánk" - mondta Alfred. "Közben egyre több gyerek hal meg, és kerül a Lélekfogókba, akik másokhoz tartoznak, akik már meghaltak" - mondta Alfred. "Annyira reméltem, hogy már előrébb járunk, miután megfejtettem a könyvben lévő információkat."

"Várj egy percet" - mondta E-Z. "Látta ma valaki Hadzot és Reikit?"

Senki sem látta.

E-Z telefonja megszólalt. Egy hosszú szöveges üzenet érkezett PJ-től és Ardentől:

"Ne kérdezd, hogyan, de tudjuk, hogy a Fúriák feléd tartanak. És igen, van egy tervünk. Tudnunk kell, amint meglátjátok őket. Küldj nekünk egy sms-t - és Harutót".

E-Z válaszolt. "What????"

"Bízz bennünk" - írta PJ.

Mindketten felfelé mutató hüvelykujj-emojikat cseréltek, majd elmagyarázta a helyzetet Harutónak és a többieknek.

A tudat, hogy a Fúriák felkészültek arra, hogy most, az ellenségük területén és a vezetőjük, Eriel nélkül kezdjék meg a harcot, nyugtalanította E-Z-t. A meglepetés erejét azonban elvesztették, hála PJ-nek és Ardennek.

Még mindig ülni és várni, hogy megérkezzenek, nem volt a legjobb stratégia.

De most ők voltak előnyben. Csak ülniük és várniuk kellett - és reménykedniük.

26. FEJEZET

VÁRATLAN LÁTOGATÓK

MINDENKI MENT A DOLGÁRA, és megpróbálta lefoglalni magát, amíg vártak. Aztán a téglafalakon át, még a téglafalakon is áthatolt az elmaradhatatlan bűz.

"Mi ez?" Lia felkiáltott, ujjaival befogta az orrát. "Még mindig érzem a szagát!"

Brandy a jobbjával ugyanezt tette, a baljával pedig légfrissítőt fújt a szobában, ami ahelyett, hogy csökkentette volna a bűz erejét, úgy tűnt, sűrűbbé teszi és felerősíti a levegőt.

"Menjünk ki!" Lachie azt mondta. "Talán jobb odakint?" Kinyitotta az ajtót, bár a logika azt súgta neki, hogy ha odabent rossz a szag, akkor odakint még rosszabb lehet. Először az érzékei megtévesztették, és nem érzett semmit. Talán kezdett hozzászokni? A Fúriák bűzbombázták a ház belsejét?

Aztán meglátta Kis Dorritot és Babyt, amint ott köröztek fölötte. "Itt fent sem jobb!" Mondta Baby.

"Akárhogy is megyünk!" Kis Dorrit hozzátette.

Aztán megint megcsapta, a bűz, mint egy pofon az arcába, és egy pillanatra elvesztette az egyensúlyát. Meglátta a ruhaszárító kötelet és a cölöpöket, és odarohant hozzájuk. Az egyiket az orrára szorította, és voilá, nem érzett semmit. Intett Kicsi Dorritnak és Babának, hogy jöjjenek le, és amikor leértek, addig-addig alkalmazta a szükséges cövekeket (az orruknak többre volt szüksége), amíg ők sem érezték többé a bűzös szagot.

"Köszönöm - mondta Kis Dorrit és Baby, miközben felemelkedtek a földről. "Majd vigyázunk."

Lachie felemelte a hüvelykujját, aztán észrevette, hogy a kerítés felé vezető ösvényen egy kis lármázás folyik a kertben. Lények egy csoportja alkotott kört, mintha megbeszélést tartanának. Elindult felé, amikor egy bagoly felemelkedett egy ágról, és a vállára szállt.

"Ööö, helló - mondta, és a bagoly szemébe nézett. "Találkoztunk már korábban?" A bagoly bólintott, és ekkor felismerte, hogy ki az. Sobo volt az. "Amikor azt mondtad, hogy a szupererőd az átváltozás, nem így gondoltam rád!"

"Haruto nem tudja" - mondta a lány. "Legalábbis nem hiszem, hogy emlékszik rám - még." Visszarepült a lények csoportjához: "Gyere, csatlakozz hozzánk!" - mondta.

Lachie közéjük sétált, és egyenként bemutatták neki egy Oboe nevű szarvast, egy Charlie nevű mosómedvét, egy Louise nevű rókát, egy Lenny nevű madarat (kék szajkót) és egy Percy nevű második madarat (bíborost).

"Azért jöttünk, hogy segítsünk - mondta Oboe, a szarvas -, de nagyon félünk a Fúriáktól".

"Hadd menjek hozzájuk!" Kiáltott fel Charlie, a mosómedve. "Majd én kikaparom a szemüket."

"Én meg kitépem a torkukat!" Kiáltott a róka, az egér.

"Hűha! Várjatok egy percet!" Lachie mondta. "Ez nem a te harcod. Bár nagyra értékelem a hivatalodat, hogy segítesz, miért nem adsz nekünk előbb egy esélyt? Ha szükségünk van a segítségedre, füttyentek, és akkor jöhetsz?"

"Igaza van" - mondta Sobo. "Bár nem rám gondol." Lachie-re nézett, hogy megbizonyosodjon róla, hogy a feltételezései helyesek, és bólintással válaszolt. "Meg kell védenem az unokámat és a többieket."

Lenny és Percy, a másik két madár, egymás között csipogott.

Sobo, aki eddig nyugodt volt, most a legzavartalanabb módon kezdett el csapkodni, és azt ismételgette: "Rossz dolgok jönnek! Szörnyű dolgok jönnek! Szörnyű dolgok jönnek!"

"Csitt, Sobo" - mondta Lachie, és megpróbálta megnyugtatni. "Készen állunk, és ők nem tudják, hogy tudjuk, hogy jönnek."

PUFF PUFF PUFF PUFF PUFF PUFF PUFF

PUFF PUFF PUFF PUFF PUFF PUFF PUFF

PUFF PUFF PUFF PUFF PUFF PUFF PUFF

Ez volt a hang, amit a talaj adott ki a lábuk alatt, úgy lüktetett, mint egy szív, amely megpróbál kitörni a mellkasából.

A dobbantást dobolás követte.

Aztán a dobolás.

"Jönnek a fúriák!

Jönnek a fúriák!

Jönnek a fúriák!"

Miközben az ég felettük kavargott

és megfordult.

És égett.

Ragyogó kékből véres narancsvörösbe.

A szomszédok kimásztak, ahogy a szomszédok szoktak - hogy megnézzék, mi ez a bűzös szag. Néhány zajos parkoló elájult, amikor az érzékei elborultak, és néhányan popcornt hoztak ki a tornácra, hogy egyenek és nézzenek.

Fogalmuk sem volt róla, miféle veszély közeledik feléjük.

Pedig voltak nyomok.

A lüktető suttogások.

A puffanó puffanó puffanó puffanó puffanó puffanó puffanó puffanó.

Mégis, sokan nem vonultak be az otthonuk biztonságába.

Ehelyett inkább ették a popcornt és itták az üdítőjüket, miközben vártak.

GAPING

ESCAPING nélkül.

Miközben a talaj a lábuk alatt

PUFF, PUFF, PUFF, PUFF, PUFF, PUFF.

PUFF, PUFF, PUFF, PUFF, PUFF, PUFF.

PUFF, PUFF, PUFF, PUFF, PUFF, PUFF.

Aztán a dobbantást dobolás követte.

Aztán dobolás.

"Jönnek a fúriák! Jönnek a fúriák! Jönnek a fúriák!"

✳✳✳

"MENJÜNK KI!" KIáLTOTT FEL E-Z. "És nézzünk szembe velük!" Szélesre tárta a bejárati ajtót, úgy, hogy az a falnak csapódott.

Brandy, Lia, Haruto, Charles és Alfred mögötte álltak, készen arra, hogy akcióba lépjenek, amint parancsot kapnak rá.

Átpillantott a válla fölött, hogy lássa, Sam és Samantha kifelé tartanak: - Nem te - mondta. "A kicsiknek bent van szükségük rád. Hagyjátok ránk."

Sam és Samantha visszavonult.

Most a négy katona egymás mellett állt a pázsiton, és vártak. Egy idegennek úgy nézhettek volna ki, mint egy csapat gyerek, akik egy átlagos iskolai napon az iskolabuszra várnak. De ez nem volt normális nap. Ez volt az Armageddon.

Lia karjai remegtek és remegtek, miközben az elméjét kutatta, megnyílt az elméje előtt, remélve, hogy a szuperképessége megfejtése lehetővé teszi számára, hogy hozzáférjen a Fúriák elméjéhez. Hogy képes lesz kitenni magát, és találni bármilyen nyomot, bármilyen információt, amivel segíthet a csapatának - de az elméje üres maradt.

Alfred azt mondta: - Felrepülök a tetőre. Megnézem, mit látok."

E-Z bólintott. "Vigyázz magadra. Ó, és nézd meg, hogy megtalálod-e Lachie-t és Sobót." Már észrevette a magasan felettük repülő egyszarvút és sárkányt. Felemelte a hüvelykujját.

Egy hangos füttyszó, és Sobo leugrott, Lachie a hátára ugrott, és együtt csatlakoztak Alfrédhoz a tetőn. Egy bagoly szállt le mellettük.

"Ez Sobo - mondta Lachie.

"Látsz valamit?" E-Z érdeklődött.

Alfred csapkodott a szárnyaival: "Egy jéghegy nagyságú óriási polc közeledik felénk, de gyorsan halad."

E-Z megpróbálta elképzelni a fejében, de nem tudta, mert hogy a fenébe akartak volna ő és a csapata megállítani egy ilyet? Hogyan?

"Úgy mozog felénk, mint egy cunami - mondta Alfréd.

"De ez nem vízből van - mondta Lachie. "Úgy nézett ki, mintha homokból lenne. Egy homokhullám. Három feketébe öltözött nőt visz magával."

Egy homokhullám, igen, most már el tudta képzelni. "ETA? Úgy értem, a becsült érkezési idő?" E-Z megkérdezte.

"Nehéz megmondani" - mondta Alfréd. "Percek..."

Mindeközben a lábuk alatt tovább dobolt a föld.

És dobogott.

"Jönnek a fúriák! Jönnek a fúriák! Jönnek a fúriák!"

✳✳✳

"BEFELÉ!" KIÁLTOTTA E-Z A kíváncsi szomszédoknak. "Csukjátok be az ajtókat, zárjátok be őket. És valaki tegyen ki egy értesítést a közösségi médiára. Mondja meg mindenkinek, hogy maradjon a házban. Mondd meg nekik, hogy ne jöjjenek ki többet a szabadba, amíg nem kapnak tőlem engedélyt! Most m enjetek!"

SLAM.

SLAM.

A válla fölött Alfred, egy bagoly, Lachie és Baby nézett kifelé, és figyelte, ahogy a hullámok csökkentik a távolságot a Fúriák és a csapata között, miközben Kis Dorrit a magasból figyelte a dolgokat.

Túl késő volt tervet készíteni. Túl késő volt bármit is tenni, csak remélni, hogy készen állnak, miközben a szél felkorbácsolta és lökdöste őket, és a föld a szívverésükkel szinkronban dobbant.

ZUHANÁS.

Mögötte a bejárati ajtó kitört és kirepült a zsanérjaiból. Pattogott és zörgött végig az utcán, mielőtt végül laposan megpihent.

Sam kilépett. E-Z felé fordította a székét, nem hitt a saját szemének.

Sam összeszedett egy jelmezt, vagy többféle jelmezt, saját szuperhős karaktert alkotva. A fején egy lovagi sisak volt, a maszk felhajtva. Ahogy előrehaladt, az leereszkedett, és vissza kellett kattintania a helyére. Szemfeketét kent magára - mint a baseballjátékosok, hogy eltüntesse a szem alatti vakító fényt. A mellkasa fel volt puffadva, mintha golyóálló mellényt viselne az inge alatt, és mögötte hosszú fekete köpeny húzódott. Alsó felén fekete farmert viselt, és a kedvenc futócipőjét.

A szuperhősök csapata igyekezett nem nevetni, ahogy elhaladt mellettük, és észrevették, hogy szuperhősének neve - SAM THE MAN - a vállán átívelő anyagba volt varrva.

Kis Dorrit leugrott, Brandyt a hátára dobta. Ezután Lachie felugrott Baby hátára, és elindult. A tetőre pillantott. Kis Dorrit már nem volt ott. Alfréd és a bagoly leemelkedett a tetőről. Mindannyian E-Z és a többiek mellett landoltak.

"Mindenki egyért!" - mondták. "És egy mindenkiért!"

"De hol van az én Sobóm?" Haruto megkérdezte.

Sobo a vállára repült, és azonnal tudta, hogy ő az. Aztán átalakult emberi alakjába.

A gyerekcsapat látta, ahogy Sam a bácsiból Sam az emberré, Sobo pedig bagolyból nagymamává változott, de egyiküket sem zavarta meg.

Mert a lábuk alatt a föld továbbra is DÖMÖLT.

És dübörgött.

De a szavak megváltoztak.

"A fúriák már majdnem itt vannak.

A fúriák már majdnem itt vannak.

A fúriák már majdnem itt vannak."

E-Z és CSAPATA FIGYELTE, ahogy az óriási homokhullám, mint egy kikötőbe érkező óceánjáró, besodródik. De ez az izé végigszaggatta az utcákat, eltaposva a házakat, a fákat és minden élőlényt, ami az útjába került. És nem lassított.

Nem volt elég idejük felszállni, ráadásul a puszta mérete is elkábította őket. Megállt, és a Fúriák uralkodtak rajtuk, hangjukat sikoltó nevetés kísérte, ahogy először vetették szemüket az ellenfeleikre.

"Ezek egyáltalán valódiak?" Tisi érdeklődött. "Úgy néznek ki, mint a miniatűr babák, akik arra várnak, hogy rájuk lépjenek."

"Látom, van egy sárkányuk és egy egyszarvújuk. És egy hattyú. Ó, te jó ég!" Ali felsikoltott.

"Ne feledd, miért vagyunk itt" - mondta Meg. "Most ti ketten viselkedjetek, amíg én lemegyek, és elbeszélgetek a vezetővel. Mi is volt a neve?"

"E-Zed" - rikoltotta Tisi.

"E-Zed" - kiáltotta Ali.

Együtt mondták a nevet: "E-ZED, E-ZED, E-ZED, E-ZED".

"E-Z-nek hívnak" - mondta Brandy, miközben elrugaszkodott.

"Nem!" E-Z felkiáltott. "Várjatok a parancsomra!" De már késő volt, Kis Dorrit és Brandy már menekült, de nem mentek messzire, találtak egy helyet a tetőn.

E-Z és a csapat többi tagja kitartott.

"Mire várnak?" Kérdezte Sam.

Charles azt mondta: "Remélik, hogy a bűzük megteszi helyettük a hatását. Elmosolyodott, és mindenki felnevetett. Mindenki, kivéve Sobót, aki visszaváltozott bagolyállapotba, és felrepült a tetőre Brandy és Little Dorrit mellé.

A fúriák, akiknek kiváló hallásuk volt, és akiknek volt egy tervük, és azt akarták követni, nem örültek, hogy a szuperhősgyerekek viccelődésének céltáblájává váltak, és egytől egyig a levegőbe emelkedtek. Ahogy közeledtek, a bűz egyre erősödött, ahogy fekete köpenyeik lobogtak a szélben.

"Kapd el!" Lachie kiáltott, és ruhakapcsokat dobált a csapat minden egyes tagjának.

A már nem is olyan büdös boszorkányok közelebb repültek, így az alant lévő gyerekek jobban láthatták őket. Személyükben nagyobbak voltak az életnél, szó szerint a kígyók miatt, amelyek végigcsúsztak és csúsztak ezeken a testeken. A villás nyelvet köpködő kígyókat ostorcsattogás kísérte a pszichológiai hadviselés kiemelkedő bemutatójaként.

Az eredeti terv szerint Meg volt az, aki megtörte a jeget, és felkiáltott: "Hol van Eriel? Tudjuk, hogy nálatok van! Adjátok át nekünk, MOST!"

A sikoltozó hangjának magas hangjától a gyerekek befogták a fülüket, ahogy az üvegből készült tárgyak, például az utcai lámpák, a tornácok fényei, az ablakok, sőt még a szekrények üvegei is mérföldeken át szilánkokra törtek.

Amikor megbizonyosodott róla, hogy Meg már nem beszél (mivel a szája csukva volt), E-Z így válaszolt: - Ott tartják fogva az árulókat. Úgyhogy most már visszamászhattok abba a lyukba, ahonnan ti hárman előmásztatok!" És amikor befejezte a beszédet, az övé felemelkedett a földről, utána Alfred, Sobo, Little Dorrit Brandy Babyvel és Lachie-vel a fedélzeten.

"Ez a mi területünk. Ezek a mi embereink - és nektek semmi keresnivalótok itt. Valójában egyáltalán nincs dolgotok itt a földön. Soha nem is volt. Nem tartozol ide" - mondta E-Z. "És elegünk van a manipulációtokból. Túljátszottátok a kezeiteket. Visszaéltél a hatalmaddal. Megvetendő vagy. És ezért meg fogsz felelni."

"Mit fog velünk tenni egy ilyen kisfiú, mint te?" Tisi, aki Meg mellé költözött, felkiáltott: "elgázolt minket?".

Harsogó nevetése betöltötte a levegőt, amitől a csapat többi tagjának lába alatt résnyire hasadt a talaj. Lia, Haruto, Charles és Sam a rések közé húzódtak, hogy biztonságba helyezzék magukat.

Meg is csatlakozott a nevetséges mókához: "Talán a hattyú halálra csiklandoz minket? Persze, megkopaszthatjuk - és megehetjük ebédre!"

A csapat nem repülő tagjai még szorosabban összebújtak. Haruto, aki el tudott volna pörögni, túlságosan megijedt ahhoz, hogy megmozduljon. Távol tartotta magát a földön tátongó résektől, amelyek azzal fenyegették, hogy elnyelik őket.

"És te kislány - szólt Alli Liához. "Megpróbáltunk megolvasztani téged a napon. Akkor megúsztad. De most mit fogsz tenni velünk? Bámulni fogsz minket, a kezeddel, és szoborrá változtatsz minket?"

A fúriák' ismét felsikoltottak a nevetéstől, miközben a föld alattuk összehúzódott, mintha szülni próbálna valamit.

"Most már unatkozom - mondta Meg.

A másik két nővér szokatlanul csendben volt, mintha nem tudták volna, mi legyen a következő lépésük.

"Meg kicsit közelebb repült E-Z-hez, csípőre tett kézzel: "Csak az időnket vesztegetjük itt!". Ma nem azért jöttünk, hogy megküzdjünk veled. A vezetőnk nélkül nem. Csak azt szeretnénk tudni, hogy hol van? Engedjétek el! Engedjétek el - most azonnal. És a csatát majd máskorra tartogatjuk."

"Ez tetszene neked, nem igaz?" Alfréd felkiáltott.

Amitől Alli tajtékzott.

"Gyere ide hozzám kis swanny swanny. Az üst vár rád - te tollas torzszülött!"

"Ő egy hattyú, nem egy liba, te idióta!" Mondta Brandy, miközben Kis Dorritot maga felé kormányozta.

E-Z örült a figyelemelterelésnek, kapott egy sms-t PJ-től és Ardentől, és Harutónak adta a hüvelykujjjelet.

Haruto láthatatlanná pörgette magát, és gyorsabbnál gyorsabban rohant a kórházba, ahol találkozott PJ-vel és Ardennel, akik már bent várták a játékban. Most mindketten végeztek egy-egy gyilkosságot. Amikor Haruto megérkezett, még két k illt csináltak.

A fúriák mohósága több gyermeki lélek után, beküldte az esszenciájukat a játékba.

"Elkaptunk!" - kiáltotta a három istennő.

"Most!" PJ kiabált, miközben Arden megnyomta a SAVE gombot az USB-re, és amikor elmentette, megnyomta az EJECT-et. Az USB-t maszkolószalaggal lezárta, majd egy légmentesen záródó zacskóba tette.

"Vidd ezt az E-Z-be!" Arden azt mondta.

Haruto megérkezett a földre, jelzett a nagymamájának, aki a csőrébe kapta az USB-t, és elvitte E-Z-hez.

PJ sms-t küldött. "A fúriák esszenciája az USB-n van."

E-Z biztonságosan a farmerzsebébe tette az USB-t, és amikor legközelebb ránézett a Fúriákra, Raphael szemüvegének látványa megváltozott. A három nővér teste elhalványult, de a kígyók nem. Ekkor jött rá, hogy mi az Achilles-sarkuk. "A kígyók tartják őket életben!" - kiáltotta. "Ki kell iktatnunk a kígyókat."

Brandy már elég közel volt ahhoz, hogy lecsapjon Allira. Sajnos elég közel volt ahhoz is, hogy Alli kígyója megharapja - ami meg is történt. A lány összeesett, és Kis Dorrit elszaladt, de már késő volt, Brandy már h alott volt.

"Vigyétek ki innen!" Kiáltotta E-Z, és Kis Dorrit zokogva felszállt az égbe.

"Nem lesz semmi baja" - mondta E-Z.

"Nem hiszem" - nevetett Alli. "A mi kígyóink nem erről a világról származnak. Ha megharap egy ilyen, nem számít, milyen erőd van, nem fog működni. De itt maradunk és várunk, ha akarod? Aztán ha nem jön vissza - darabokra robbantjuk a csapatod többi t agját!"

"Ti ribancok!" E-Z felkiáltott.

Sobo akcióba lendült, támadásba lendült, és egyenként kihúzta a kígyószemeket, majd a földre dobta őket. Amikor végzett Allival, rátért Megre, majd Tisiére. Amikor végzett a feladatával, a nagymama túlságosan kimerült volt ahhoz, hogy bármit is tegyen, minthogy leszálljon az unokája mellé, és visszatérjen e mberi alakjába.

"De Sobo - mondta Haruto -, én is harcolni akarok".

"A többit hagyd rájuk" - mondta a nő. "Túl fáradt vagyok ahhoz, hogy cipeljelek."

Sobo, és Haruto figyelte, ahogy a csapat többi tagja végez a kígyókkal.

A fúriák kinyitották a szájukat, majd újra becsukták, de nem jött ki belőlük hang. Amellett, hogy hangtalanok voltak, és elhalványultak, a testük próbált a levegőben maradni, miközben az ereikben csöpögött-csöpögött a vér.

E-Z kerekes széke alattuk mozgott, felfogta a cseppeket, és összekeverte A Fúriák vérét a többi begyűjtött mintával.

"Meghaltak" - erősítette meg E-Z, miközben a The Furies üres köntösei fekete szellemként lebegtek a föld felé.

De még nem volt vége.

✳✳✳

E-Z MÖGÖTT A HOMOKHULLÁM felemelte a fejét, és látva a kiszúrt szemeket körülötte - valamennyi gyermekének szemét -, ez a kígyók anyja lassan életre kelt.

Sam, aki először vette észre a mozgást, felkiáltott: "Vigyázz, E-Z!", és amikor nem hallotta a kiáltását, Lia, Charles, Haruto és Sobo is csatlakozott hozzá.

Lachie meghallotta a kiáltásaikat, és meglátta a kígyót, amint a hallottja E-Z felé csúszott. Belenézett a kígyó szemébe, és azt mondta: "NEM!".

Az anyakígyó egy-két másodpercre megállt a mozgásban, és úgy tűnt, mintha hallotta és megértette volna Lachie parancsát, majd észrevette, hogy a szemében villanás villan. "Bukj le E-Z!" - kiáltotta, miközben Baby kinyitotta a száját, és tüzet nyitott E-Z és az anyakígyó irányába.

E-Z haja lángra kapott, és elpaskolta, majd a székét a földre ejtette.

Baby addig lövöldözte a tüzet az óriás anyakígyóra, amíg az porig nem égett. A bűz helyett, amit a Fúriák árasztottak, a levegőt most olyan büdös csirkeszag töltötte be, amilyet bármelyik háztáji grillpartin érezni lehet.

"Ööö, köszönöm Baby és mindenki más" - mondta E-Z, miközben ujjaival végigsimított a haja közepén. Kivette a sörteszerű részt.

"Majd visszanő - mondta Sam, miközben a talaj a lábuk alatt ismét elkezdett

THRUM

ÉS DÖRÖG

E-Z kerekesszéke magától felemelkedett a földről, és vércseppeket kezdett hullatni a földben megnyílt kráterekbe.

"Mi történik?" Kérdezte Alfréd.

Alatta a kerekesszéke tovább vérzett, miközben ide-oda spriccelt. "Egy kis csepp ide, egy kis csepp oda" - idézte gondolatban. A földön a csapata ugyanazokat a szavakat mondta, amelyek a fejében jártak: "Egy kis csepp ide, egy kis csepp oda", aztán együtt fejezték be a verset: "egy kis csepp, mindenütt", majd kezdték elölről az egészet. Megrázta a fejét... vajon mindannyian olvastak a gondolataiban?

A lábuk alatt folytatódott a föld.

DRUMMING

DÖRÖGÉS.

DÖMÖLÉS.

ÖSSZECSAPÓDVA.

Lia felemelkedett a földről, karjait olyan szélesre tárta, amennyire csak lehetett, fejét hátrahajtotta, és tekintetét az égre szegezte. És fölötte az ég felszakadt. Esni kezdett, de ahogy a járdára értek, a foltok vörösek lettek. Az ég véres könnyeket sírt, miközben Lia úgy himbálózott és forgolódott a levegőben, mint egy húr nélküli marionett.

A többiek, kivéve Babyt és Lachie-t, a tornácra rohantak, hogy elmeneküljenek a véres eső elől, nem tudtak mit tenni Liával, aki még mindig lebegett és transzban volt.

"Majd mi gondoskodunk róla, hogy ne essen le - mondta E-Z -, a többiek fedezékbe vonulnak".

PULZSING.

TÖRÖGÉS.

Aztán villámlott.

Aztán mennydörgés.

Ahogy Mihály arkangyal áttörte a gátat, és addig repült lefelé, amíg E-Z közelébe nem ért.

"Úgy tudom, uralod a helyzetet - mondta Mihály.

"Igen, a Fúriák esszenciája ebben az USB-ben van."

"Dobd ide nekem" - mondta Michael.

Mintha egy baseball-labdát dobna a második bázisra, E-Z Michael irányába lőtte az USB-t, aki kinyújtotta a kezét, elkapta és jégbe zárta. "Én Eriel társaságot fogok kapni" - mondta Michael. "Mindannyian jégen maradnak az örökkévalóságig. Ó, és mellesleg, szép munka mindenkinek!" Aztán amilyen gyorsan jött, olyan gyorsan el is repült.

"Mi lesz Liával?" Kiáltott fel E-Z, de Michael nem válaszolt.

A föld lüktetni és csavarodni kezdett, annak ellenére, hogy a Fúriák már nem voltak rajta, és a vér sem az égből, sem a kerekesszékéből nem folyt többé.

Lia még mindig lebegett, a szemét az égre szegezve, ahogy az véres könnyekből kékre kavarodott, és a lábuk alatt a földkráterekből fű, fákból virágok gyógyultak.

Aztán minden elcsendesedett, ahogy Lia, még mindig transzban lebegve visszaereszkedett a földre. Leheveredett a földre, még mindig széttárt karokkal, érezte a füvet a hátán, és kimerülten mosolygott, ahogy összezsugorodott, és visszatért valódi korába, ami kilenc és fél év volt.

"Jól vagy?" E-Z kérdezte, miközben a róka, a kék szajkó, a mosómedve, a kardinális és az őz köré gyűlt.

Lia kinyitotta a szemét, és ki tudott látni belőle. Ránézett a kezére, és azok olyanok voltak, mint régen.

"Jól vagyok - mondta, miközben Lachie felsegítette.

Sam azonnal észrevette, hogy a lánya ruhái már nem illenek rá. Levette a szuperhősköpenyét, és a lány vállára tekerte.

"Köszönöm, apa - mondta Lia.

Ez volt az első alkalom, hogy így szólította őt, és még sosem érezte magát ilyen büszkének, miközben egy könnycsepp futott végig az arcán.

***

AZ ÉG KÉKJE RAGYOGÓBBNAK tűnt, mintha a csillagok pislogtak volna a szemükkel, pedig nappal volt, és a földön a fű úgy táncolt a napsugarakban, mintha gyémánt harmat lenne benne.

Sem E-Z, sem a csapata egyik tagja nem tudott megszólalni. Senki sem akarta megtörni a csendet, vagy megzavarni a szépséget, amelynek tanúi voltak.

SUTTOGÁS.

SUTTOGÁS SUTTOGÁS.

SUTTOGÁS SUTTOGÁS SUTTOGÁS.

A levelek, ahogy fújdogáltak a szélben. Emberi hangot adva ki. De ez nem a szél volt, hanem a világ minden táján újjászülető gyermekek hangja.

Azoké, akiket a Fúriák elragadtak, testüket a földből tolták ki, és rájöttek, hogy visszatért a hangjuk.

A gyerekek újra megtanultak járni, futni vagy kúszni, és a kiáltásuk visszhangzott az egész világon:

"Az anyukámat akarom!" - sikoltoztak az újjászületett, de lélek nélküli gyermektestek.

"Az apukámat akarom!" - kiáltották egy hangon a feltámadt gyermekek:

"WAH, WAH, WAH, WAH!"

"WAH, WAH, WAH, WAH!"

"WAH, WAH, WAH, WAH!"

A lelketlen kicsinyek szélekre mozdultak, helyekre utaztak, mozgásuk gyorsabb volt, mint a fény sebessége, miközben tovább jajveszékeltek:

"Az anyukámat akarom!"

"Az apukámat akarom!"

"WAH, WAH, WAH, WAH!"

"WAH, WAH, WAH, WAH!"

"WAH, WAH, WAH, WAH!"

A Halál-völgyben, ahol a Lélekfogókat tartották és tárolták,

POP

POP

Az ajtók kinyíltak, mint a karok, és a lelkek kiléptek, keresve azokat a testeket, amelyekben még mindig ott kellene lenniük, és követték a gyerekek kiáltásait.

"Az anyukámat akarom!"

"Az apukámat akarom!"

"WAH, WAH, WAH, WAH!"

"WAH, WAH, WAH, WAH!"

"WAH, WAH, WAH, WAH!"

A lelkek gyermekről gyermekre szálltak. Keresve az otthont, ahová tartozott. Olyan volt, mintha gyerekeket néznénk, amint fogócskáznak, ahogy minden lélek eljutott és belépett abba a testbe, amelyben született. Ahogy a lelkek és a testek újra e ggyé váltak.

SHHHHHHHHHH.

Egy pillanatra a kicsik ismét boldog gyerekek voltak, és az öröm hangjai betöltötték a levegőt.

Visszatérve a Halál-völgybe, Hadz és Reiki átirányította a hajléktalan lelkeket szerte a világon, akik rejtőzködtek, mivel nem voltak saját Lélekfogók. Egyenként léptek be a lelkek, és a Föld elkezdte gyógyítani magát.

Samantha kijött a házból, a karjában tartotta a babáit, Jacket és Jillt, miközben halkan énekelte nekik: "Csitt kicsi baba, ne sírj".

POP.

POP.

Hadz és Reiki megjelentek: "Megcsináltuk!"

E-Z és csapata átkarolta egymást. Sírtak, nevettek. Aztán újra sírtak, mert elvesztették egyikük csapatát. Egyikük elvesztése miatt: Brandy miatt.

Lia telefonja megcsörrent. Brandy üzenete volt: "Megérkeztem a bevásárlóközpontba - megint! Remélem, mindenki jól van, és legyőztük azokat a boszorkányokat!"

"Brandy életben van!" Lia magyarázta, majd visszaüzent: "Az biztos! Majd később beavatlak a részletekbe."

"AHRHHRGHHH!" Charles Dickens felsírt. A teste remegett és reszketett. Amikor abbahagyta, transzba esett, kifejezéstelen arckifejezéssel és kinyújtott, felfelé néző tenyérrel.

"Megkapja a tenyérszememet?" Lia érdeklődött.

Ahogy egy könyv - a legnagyobb keményfedeles kötet, amit valaha is láttak - leesett az égből, és Charles karjában landolt, a puszta ereje majdnem ledöntötte a lábáról. Charles megnyugtatta magát, miközben a hatalmas könyv kinyílt, és addig lapozgatta a saját lapjait, amíg egy hang fel nem csendült a könyv belsejéből:

"Én vagyok az Alternatív Világok Útikönyve."

Bár a hang a könyv belsejéből jött, Charles Dickens ajkai szinkronban mozogtak minden egyes szóval, miközben a háttérben még mindig gyerekek sírása hallatszott:

"WAH, WAH, WAH, WAH!"

"WAH, WAH, WAH, WAH!"

"WAH, WAH, WAH, WAH!"

"Az anyukámat akarom!"

"Az apukámat akarom!"

"WAH, WAH, WAH, WAH!"

"WAH, WAH, WAH, WAH!"

"WAH, WAH, WAH, WAH!"

"Éhes vagyok!"

"Szomjas vagyok!"

A gyerekek, akik valaha E-Z házához legközelebb laktak, egymás mellett meneteltek felé.

"Hallgassatok meg!" Az Alternatív Világok Utazója monológot mondott.

"Ez egy egyszeri ajánlat.

Ha kiválasztottak vagytok, választanotok kell.

Csak egyszer, győzelem vagy vereség.

Ne hagyjátok ezt a lehetőséget, elszaladni.

Mert ez nem fog megismétlődni, semmilyen más napon."

A lapok előre lapoztak, majd vissza. Előre, majd vissza. A lapozás megállt egy fejezetnél. Az Alfréd című fejezeten. És fényképek voltak róla, a családjával. Mind idősebbek. Mind egészségesek és jól vannak. A fotókon már nem Alfréd, a trombitás hattyú volt. Alfréd volt az apa, a férj, a férfi.

Könnyes szemmel Alfréd ránézett E-Z-re. A pillantásuk mindent elárult. Mennie kellett. E-Z bólintott.

Aztán Alfréd Lia felé fordult. Ő is bólintott, mert tudta, hogy a férfinak mennie kell.

Alfréd, a trombitás hattyú belépett a nevét viselő fejezetbe, és visszaváltozott emberré. És az Alternatív világok útinaplója lapjairól integetett a barátainak.

Most az Alternatív Világok Útleírása lapjai visszatértek a könyv elejére. A lapok újra és újra, újra és újra, előre és vissza, vissza és vissza, végül egy új fejezetnél álltak meg. Egy Lachie-ről elnevezett fejezetnél.

A képen Lachie még csecsemő volt. A szülei épp hazavitték a kórházból. A csecsemő a képen egy kórházi karkötőt viselt, amely elárulta, hogy Lachie igazi neve Andrew.

"Nem, köszönöm" - mondta Lachie. "A baba és én hamarosan hazamegyünk."

Az Alternatív világok útikönyve olyan erővel csapódott be, hogy Charles majdnem elesett. Magához tért, és pillanatokkal később a könyv folytatta a lapozást. Hátrafelé, előrefelé. Keverte az oldalakat, mint egy pakli kártyát, míg végül a Haruto című fejezetnél kötött ki. A képen az anyjával és az a pjával volt.

"Nem, köszönöm" - mondta Haruto azonnal. Sobo kezét a sajátjába fogta, és azt mondta Lachie-nek: "Nem bánnád, ha hazafelé menet kitennél minket Japánban?".

Lachie bólintott: "Örülök a társaságnak".

A könyvből ezúttal lángok lobbantak ki, mielőtt becsukódott volna, és Charles majdnem elejtette.

A gyerekek megválaszolatlan kiáltásai folytatódtak, és egyre hangosabbak lettek, ahogy közeledtek E-Z otthonához:

"Az anyukámat akarom!"

"Az apukámat akarom!"

"Éhes vagyok!"

"Szomjas vagyok!"

"WAH, WAH, WAH, WAH!"

"WAH, WAH, WAH, WAH!"

"WAH, WAH, WAH, WAH!"

Charles lehunyta a szemét.

"Ez az? E-Z érdeklődött.

"És mi lesz velünk?" Lia kérdezte.

Charles karja remegni kezdett. Mintha a könyv súlya nyomta volna a karját. Aztán a könyv becsapódott, olyan erővel, hogy előrebukott, és leült. Az egyik lábát keresztbe tette a másikon, és a könyvet a mellkasához s zorította.

Újra felrepült, ahogy Charles szeme is, és a lapok ismét úgy mozogtak, mint a tengeri füvek az óceán fenekén. Újra becsukódott. Aztán a hátára fordult. A könyv közepén egy keret jelent meg. Először üres volt, mintha várna valamire. Aztán felvillant, és egy film ke zdődött.

A Dodger Stadionban már elkezdődött egy baseballmeccs. A Dodgers játszott a Brewers ellen. És E-Z Dickens volt az elkapó. A palánk mögött állt, és úgy játszott, mint egy profi. A lelátón a szülei, a kispadon túl, szurkoltak neki.

FÖLDI SZÜNET.

Néhány másodpercre eltakarta a napfényt, amikor Ophaniel felbukkant az égen, és feléjük tartott.

"E-Z, csak azt akartam mondani neked, mielőtt meghozod a döntésed, hogy bármit is döntesz, hogy megteszed vagy nem teszed, annak következményei lesznek másokra nézve."

"Mint például?" - kérdezte, nem véve le a szemét saját maga és a szülei bekeretezett változatáról, még akkor sem, ha már nem mozogtak benne.

"Gondolj a balesetre... mi nem történt volna meg, a világon, ha a szüleid nem halnak meg? Ha soha nem veszítetted volna el a lábad használatát?"

Sam bácsi irányába pillantott, majd Samanthára, Liára és az ikrekre. A baleset nélkül egyikük sem találkozott volna. Az ikrek soha nem születtek volna m eg.

"Ha úgy döntök, hogy elmegyek és megvalósítom az álmomat, mi fog itt történni?"

"Ezt a kockázatot vállalnod kellene, és erre nem tudok választ adni. De azt tudom, hogy te vagy a katalizátor és a ragasztó."

"Rendben, köszönöm, hogy tudatom."

FÖLDI FOLYTATÁS

Ophaniel távozott.

"Ööö, nem, köszönöm" - mondta E-Z.

Figyelte, ahogy ő és a szülei elhalványulnak. A képernyő kiürült. A keret eltűnt, és a könyv emelkedni kezdett. Fel, fel, ki Charles karjaiból.

Charles úgy állt, mintha még mindig a kezében tartaná. Bámult maga elé a semmibe.

Amikor már messze felettük volt, a könyv lángra lobbant. Perzselt és bűzt árasztott, mielőtt a maradványai elég kicsik lettek volna ahhoz, hogy a szél felemelje őket. És az Alternatív Világok Útirajza nem v olt többé.

Charles visszatért önmagához, amikor a gyerekek tömegesen érkeztek az E-Z utcába.

"Az anyukámat akarom!"

"Az apukámat akarom!"

"Éhes vagyok!"

"Szomjas vagyok!"

"WAH, WAH, WAH, WAH!"

"WAH, WAH, WAH, WAH!"

"WAH, WAH, WAH, WAH!"

"Mondhatok nekik egy történetet?" Charles megkérdezte.

"Nem árthat" - mondta Lia.

Charles elkezdte elmesélni a Három szikla történetét. A gyerekek nem mozdultak, abbahagyták a sírást, miközben minden egyes szaván lógtak - egészen addig, amíg hirtelen meg nem állt.

"Ó, a fenébe!" - kiáltotta, és észrevette, hogy minden porcikája elhalványul, mintha a földnek gondot okozna a jelének továbbítása.

"Várj!" E-Z mondta. "Van valami tanácsod egy írótársadnak?"

"Vannak könyvek, amelyekben a hátlap és a borító a legjobb rész - ne hagyd, hogy a tiéd is ilyen legyen. Hiányozni fogtok nekem!"

Egyesek szerint pontosan abban a pillanatban egy fénysugár szállt le, felemelte a földről, és az égbe repítette Charles Dickenst. Mások szerint ellovagolt Little Dorriton, és egyiküket sem látták többé. Csak annyit tudtak biztosan, hogy Charles Dickens azon a napon elhagyta őket, és soha többé nem látták.

"WAH, WAH, WAH, WAH!"

"WAH, WAH, WAH, WAH!"

"WAH, WAH, WAH, WAH!"

FIZZLE POP

Megérkezett egy Lélekfogó. Kinyitotta az ajtaját, és petárdákat lőtt a levegőbe.

A babák egy része megijedt a zajtól, más részüknek tetszett, minden esetben abbahagyták a sírást.

Ahogy a levegőbe lőtte a színeket, összeolvadtak, hogy a következőket mondják:

GYERE KI, GYERE KI!

BÁRHOL IS VAGY!

"Mit akar ez?" E-Z kérdezte. "Vagy inkább azt kéne mondanom, hogy KIT akar?"

"Engem?" Sobo kérdezte.

"Nem, engem akar" - mondta egy hang mögöttük. Rosalie hangja volt az.

Mindenki valami felé fordult, arra számítva, hogy egy szellemet vagy egy szellemet látnak, de amit láttak, az nem volt egyik sem. Rosalie lénye volt az... csak ennyit tudtak.

"Isten veled, drága Rosalie!" Sobo szólította.

Elég nagy búcsú volt a kedves Rosalie esszenciájának, E-Z és csapata kiabált, integetett, csókokat dobált és éljenzett neki. Igazi ünneplése volt mindannak, amit ő jelentett nekik, ahogy drága barátaik beleléptek a Lélekfogójába, és az elrepült.

Most, hogy Charles eltűnt, a gyerekek folytatták a sírást,

"WAH, WAH, WAH, WAH!"

"WAH, WAH, WAH, WAH!"

"WAH, WAH, WAH, WAH!"

A háttérben egy új hang hallatszott. Lábak hangja, sok lábé, amelyek futottak - gyorsan.

Ahogy beáramlottak az E-Z utcába, az anyukák és apukák és a gyerekek újraegyesültek szeretteikkel, és ez az újraegyesítés az egész földön megtörtént.

"Bravó!" mondta E-Z a csapatának.

Búcsút intettek, miközben Lachie, Baby, Haruto és Sobo elrepült.

Most már csak E-Z és Lia maradtak.

ZAP!

Megérkezett az első Poppet.

BONJOUR!

Őt követte Francois.

"Ah, elkéstünk - mondta. "Mindenről lemaradtunk!"

A házból Samantha kiáltásai hallatszottak. "Jaj, ne, valami történik a kicsikkel!"

Mindenki berohant a babák gyerekszobájába. Jack és Jill mélyen aludtak.

Sam átkarolta a feleségét. "Nekem úgy tűnik, jól vannak" - suttogta.

"De nincsenek jól!" Mondta Samantha.

"Minden rendben lesz" - mondta Sam.

"Nekem is jól néznek ki - mondta E-Z.

"Te csak várj" - mondta Samantha. "Csak várj, és meglátod. Nem kiáltottam volna fel, hacsak..." - tántorgott és totyogott, mintha leeshetne.

Mindenki figyelt és várt. Tíz, tizenöt, húsz, sőt harminc percig nem történt semmi.

Aztán hirtelen mégis történt valami.

Jack és Jill apró testéből sárga és zöld fény áradt ki.

"Hadz? Reiki?" E-Z felkiáltott.

POP.

POP.

Jack és Jill felült, ahogy az idősebb babák képesek lennének rá. Amire Jack és Jill még nem volt képes.

Samantha elájult, miközben Sam elkapta.

"Mi a fenét csináltok ti ketten?" E-Z követelte. "Tűnjetek el onnan - most!"

Hadz azt mondta: "Jutalmul azt kértük, hogy legyünk emberek".

"Reiki azt mondta: "Nekünk pedig testekre volt szükségünk".

"Ó, testvér" - mondta E-Z, amikor kopogtak a bejárati ajtón.

"Van itthon valaki?" PJ és Arden érdeklődött.

EPILÓGUS

E-Z BEÍRTA A SZAVAKAT: A VÉG. Elégedetten, hogy sikerült befejeznie a négy könyvből álló sorozatot, becsukta a laptopját.

"Siess, E-Z!" - kiáltotta egy férfi mögötte.

E-Z lehúzta az elkapó maszkját, és körülnézett. A palánk mögött állt, a Los Angeles Dodgers elkapójaként. A bíró épp a tányért súrolta. Felállt, és elindult a kispad felé, mivel ő volt az utolsó játékos, aki elhagyta a pályát.

Felismert néhány játékost, ahogy végigment a kispadon, szorosan mögöttük haladva.

Ujjaival végigsimított a haján, amely teljesen szőke volt. Rövidebb volt, és szorosabbra volt vágva, mint korábban valaha is volt. És magasabb is volt, határozottan több mint 180 centi.

Mi a fene folyik itt? Elaludt? Megcsípte magát. Fájt.

"A fedélzeten vagy, E-Z!" - kiáltotta az ütőedző.

Talált egy monitort, és megnézte a tükörképét. Úgy nézte magát, mintha idegen lenne.

"Földet E-Z-nek" - mondta az edzője.

"Bocsánat, edző" - mondta E-Z, miközben elindult a box felszereléshangár felé. Az ütője fel volt címkézve, ahogy az összes többi felszerelése is. Felvette, és belépett a fedélzeti körbe.

Megigazította a könyökvédőjét, majd felkészült az első dobásra. A csapattársával együtt a dobóhelyen néhány próbalengést végzett. Várakozás közben megakadt a szeme a lelátón, a kispad mögött. Az anyja és az apja.

"Gyerünk, kapd el őket, fiam!" - kiáltotta az apja.

A fiú felemelte a hüvelykujját a szüleinek, majd figyelte, ahogy a csapattársa szinglit üt, és biztonságosan eljutott az első bázisra.

E-Z belépett az ütőpadra, időt kért, majd visszalépett, és vett néhány mély lélegzetet.

Szedd össze magad, mondta magának. Nem akarom cserbenhagyni a csapatot. Koncentrálj! Koncentrálj.

Felemelte a karját, hogy jelezze a bírónak, készen áll, majd visszatért a dobópályára.

"Gyerünk E-Z!" - kiáltotta az anyja.

Koncentrált, és figyelte, ahogy az első dobás elhalad. Valószínűleg több mint száz mérföld per órával. Felkészült a második dobásra. Lendült, de nem talált. Csapattársa ellopott egy bázist, és biztonságban landolt a másodiknál.

Ez már túl sok. Nem vagyok kész. Fel kell ébrednem. Fel kell ébrednem - MOST.

A második dobás elrepült. Lendült, de nem talált. Jött a harmadik dobás, és be is találta. Nézte, ahogy csapattársa megpróbált a harmadikra jutni, de kidobták. Majdnem időben eljutott az elsőre, de a másik csapat dupla játékot szerzett. Kettő kint volt, ezért visszament a kispadhoz, hogy felvegye az elkapófelszerelését.

"Legközelebb elkapod őket!" - mondta az apja.

Bár nem jutott el a bázisra, álmában volt. Az álmát élte. De hogyan? Visszautasította az Alternatív Világok Útibeszámolójának ajánlatát.

Vigyél ki innen! Nem akarom ezt így! Hol van Sam bácsi? Hol van Lia? Hol vannak az ikrek?

Nevetve kapta fel a fejét, miközben a földre zuhant, és tovább zuhant. Egészen addig, amíg egy puffanással le nem ért egy fapadlóra, egy kunyhóban vagy egy kunyhóban. Leszállása után másodperceken belül lángba borult.

A szoba túloldalán egy kislány ült. Először azt hitte, hogy Lia az, de ennek a lánynak vörös haja volt. Megpróbálta felébreszteni, de a lány nem mozdult.

Mögötte a bejárati ajtó kirepült a zsanérokból. Egy sötét, köpenyes alak lépett be, egy rövidebb csuklyás alakkal. Ketten együtt kivitték a lányt.

"Segítség!" - kiáltotta.

"Segíts magadon!" - mondta egy női hang, a két alak közül a magasabb, miközben a falak elkezdtek omlani körülötte.

Visszatért a stadionba, hanyatt feküdt a földön, és a szülei szemébe nézett.

"Nem lesz semmi bajod" - huhogták.

Köszönjük!

Kedves olvasók!

Nos, az E-Z Dickens sorozat végére értünk. Nagyon remélem, hogy Önöknek is annyira tetszett az olvasás, mint amennyire én élveztem az írását.

Mivel végig velem voltatok ebben a sorozatban, az utolsó KÖSZÖNÖM nektek, olvasóimnak szól. Fantasztikusak vagytok!

Mint mindig, jó olvasást!

Cathy

Cathy

Cathy a kanadai Ontarióban él és ír.

Ha szeretnél neki e-mailt küldeni, a címe a következő:

cathy@cathymcgough.com.

Szeret hallani az olvasóiról!

TOVÁBB

NON-FICTION

103 adománygyűjtési ötlet szülői önkéntesek számára
a következővel
Iskolák és csapatok (3. helyezés BEST REFERENCE 2016
METAMORPH PUBLISHING)

FIKCIÓ

Interjúk legendás írókkal a határon túlról (2. helyezés
BEST LITERARY 2016 METAMORPH PUBLISHING)